QR Code朗讀
隨看隨聽

精修 **關鍵字版**

絕對合格

文法
考試都在這

N4

＋3回模擬考題

金牌作者群　吉松由美・西村惠子
林勝田・山田社日檢題庫小組

絕對好消息！打開一扇全新的大門，您只需一秒連線，就能開始進步！
這簡直比點外賣還快！
因此，
我們為了滿足讀者和學校的需求，
特別推出了《精修關鍵字版新制對應絕對合格！日檢必背文法 N4》
的「QR 碼線上音檔版」了。
只要掃描 QR 碼，即刻連結，輕鬆學習，秒速累積實力！

> **明明五光十色的筆記、書上滿山遍野的重點，**
> **考試時腦袋卻空空如也？嗯，我懂，您並非孤單一人。**
> **其實，一堆重點＝沒重點，畫了＝白畫！**
> **只有關鍵字，像魔法膠囊，將龐雜資料壓縮成精華，是記憶的密碼。**

這些關鍵字，考試時就像是一位幫您解密的特工。

將一個個散落的知識拼湊成完整的句子，讓您輕鬆串聯 "字" 和 "句"，"句" 和 "文"，讓您秒殺高分。

不再被五光十色的筆記迷惑，專注於關鍵字，進入考試準備的最佳狀態！

什麼是「關鍵字」？ OK，先別覺得這有點神秘，其實它就像是考試的超能力小夥伴。它們是資訊的精華，找到寶藏的藏寶圖，能讓您在考試海量內容中游刃有餘，簡直比吃速食餐還要快！

我們可以把「關鍵字」想像成魔法棒，只要一揮，它就會瞄準資料的核心，啟動了我們的五感和聯想力，直接送進您的大腦。這樣您不但可以事半功倍，還能在考試後長期記得住，成績自然漲漲。

本書不僅列出了新制日檢 N4 文法的 122 個項目，還贈送了每個項目的「文法記憶法寶」。這就像是為每個寶藏點上了一盞明燈，等著您去發現。透過運用「關鍵字」，可以直接進入腦海，您將能迅速找到重要的信息，省下更多的時間，同時也能更長時間地保持記憶。不只考試表現出色，生活中也能派上用場！

想要在日語考試中大放異彩嗎？別再跟著悶悶的文法書打交道了！這裡有 6 個超強招式，讓您的學習脫胎換骨，迎接日語的新境界：

★「文法重點關鍵字」—— 您的隱形盾牌：它們不僅能幫助您更穩更久地記住文法，還能幫您突破日檢考試的高分之門！

★「生活情境小劇場 × 軟萌插圖」：這可不是死板的例句，而是一場生活的大秀！文法將在您眼前栩栩如生上演！

★「N4 文法 × 多義細分例句」：一次搞定多重用法，不再猶豫和迷茫。這不是單打獨鬥，

而是文法的聚會！

★ 想成為精熟的「類義表現專家」嗎？我們有巧妙的比較學習法幫助您掌握相似和相反的用法，讓您輕鬆駕馭文法。

★「文法速記表秘籍」：抓住重點的秘密武器，讓您打造定制化的學習計劃，體系化學習，一切都盡在掌握中！

★ 最後，我們準備了「4回分類測驗，以及3回必勝全真模擬試題」。這不是在開玩笑，這是100%的命中致勝關鍵！

　　不必總是埋頭苦讀，才能在日語考試中大展拳腳。策略才是王道，掌握方法，擊中考試關鍵，您也能輕鬆征服日檢，日語之路無往不利！

**本書有9招絕妙的全面日檢學習對策，不僅讓學習事半功倍，
還能讓您的記憶永遠存在！**

1. 神奇口訣：擁有神奇的「瞬間記憶法寶」！—為什麼文法解釋總是晦澀難懂？因為它們被藏在叢林中，等待您來發現。這本書創新地在每項文法解釋前加入了「關鍵字」，就像給您一張寶藏地圖一樣，讓您輕鬆找到寶藏。這些關鍵字將文法精華壓縮成易於消化的膠囊，讓您考試時能快速喚醒記憶，激發聯想，高分輕鬆擒來！

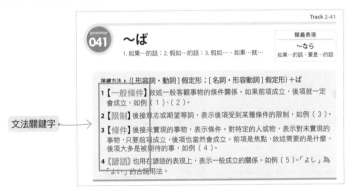

2. 戲劇體驗：就像參加了一場超豐富的日常生活小劇場表演！—在這本書中，我們巧妙地將每個文法融入一個充滿創意的小劇場場景中，就像在看喜劇表演一樣。每個文法都伴隨著一幅引人入勝的插圖，有時候，它們會讓您笑破肚皮！更重要的是，每個文法都會伴隨著一句常用的日常用語，所以您可以立刻在真實情境中應用所學，讓您的語感快速進步。

　　我們的目標是，讓您在學習的過程中不僅樂在其中，還能享受到使用日語的樂趣，同時提高您的語言技能，就像是坐上了學習之快車，瞬間提升！

故　事

插　圖

3. **多義細分：學習文法的殺手鐧。**—文法知識的多樣性意味著同一規則可能會因前面接續的詞語、語境等因素而呈現不同的面貌。舉例來說，考慮到「疑問詞＋も」這個結構，後面接納的詞彙類型將決定不同的意思。如果後接否定形式，它表示「完全否定」；而後接肯定形式，則表示「完全肯定」。許多同學反映，文法的使用情況讓他們感到困惑，尤其是在選擇答案時，更是一頭霧水。

因此，本書對符合 N4 文法程度的各種使用情況進行了詳細劃分，並提供了相應的例句。這樣，當您在考試中遇到問題時，能夠快速且準確地選出正確答案，不再感到困惑。我們的目標是讓您在文法細分的世界中游刃有餘，成為真正的日語大師！

而且，我們不只如此，為了更能滿足 N4 級的考試要求，我們還貼近時事、日常生活等內容，讓您能夠輕鬆應對文法考試的挑戰！

這招可以說是為年輕人量身訂製的，既有實力又有幽默感，助您在文法考試的戰場上一戰成名！

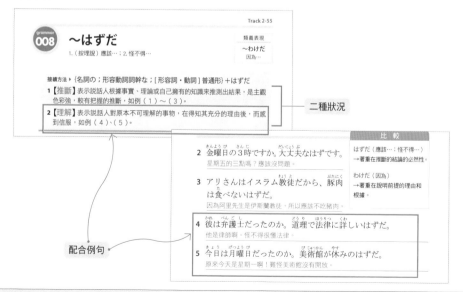

二種狀況

配合例句

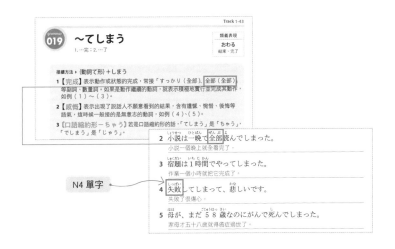

N4 單字

4. **深化差異：就是我們的「彩虹練習法」！** —您知道嗎？有時候，同一個句子在日常對話和正式場合會有截然不同的表達方式。這種微妙的差異常常會在考試中考察，例如用不同的詞彙來表示類似或相反的概念。因此，熟悉這些不同的表達方式至關重要。

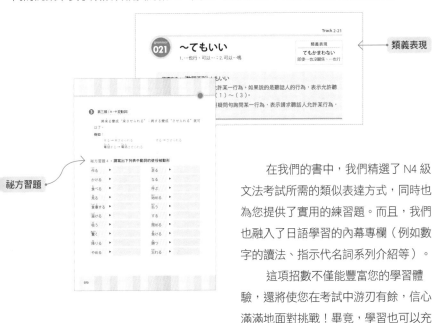

類義表現

祕方習題

在我們的書中，我們精選了 N4 級文法考試所需的類似表達方式，同時也為您提供了實用的練習題。而且，我們也融入了日語學習的內幕專欄（例如數字的讀法、指示代名詞系列介紹等）。

這項招數不僅能豐富您的學習體驗，還將使您在考試中游刃有餘，信心滿滿地面對挑戰！畢竟，學習也可以充滿彩虹色彩，不是嗎？

5. **高效策略：一旦掌握，考試如臂使指！**—嗨，學習冒險家們，這招可是我們的"好朋友"，一旦掌握，考試如臂使指！我們搞了一份文法速記表，簡潔明了，所有精華都集結其中，而且配備了清晰的中文解釋，就像您的文法導航儀，總能指引您走向高分之路！

更狠的是，我們為您準備了學習計畫表，輕鬆規劃學習進度。這樣，學習不再是個無頭蒼蠅，而是像一場精心策劃的冒險，每一步都充滿成就感。就像是自備 N4 文法秘籍的冒險家，準備好探索高分的奇妙世界了嗎？

6. **詞彙變身密技：統整小祕方，越寫越精熟！**—邁入 N4 的大魔王關卡——動詞變化及敬語表現，是不是常讓您感到快要抓狂呢？單元間，我們為您整理了日語動詞 9 帖小祕方，表格排列一次清晰掌握，再附上多元豐富的小練習，立刻驗收學習成效。

經過這 9 帖加味良藥的整治，概念不再霧颯颯，就像破繭而出一樣脫胎換骨，搖身一變，成為日檢達人。

補充專欄

7. 實戰精練：一場衝刺向高分的遊戲！—嘿，學習可不是開玩笑的事。在單元學習的高潮時刻，我們為您準備了一場正兒八經的文法實戰練習，讓您不只是死記硬背，而是能真正拿出來運用！這就像是一場刺激的遊戲，透過不斷的嘗試和挑戰，您將邁向勝利之路！

在這裡，學習不再是單調乏味的任務，而是一場充滿挑戰的冒險。準備好拿出您的文法利劍，刺向高分吧！

必勝問題

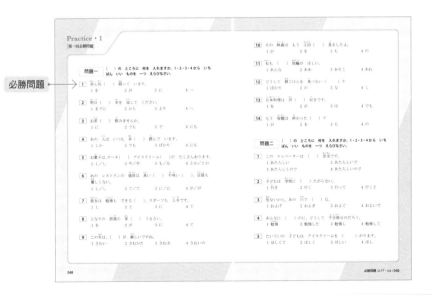

8. 命中考點：像小說中的謎題一一解鎖！—接下來，我們帶您走進模擬考場，這可不是玩鬧的時候了！書末的章節中，我們準備了 3 場超真實的模擬考題，每一題都像是懸疑小說中的謎題，等待您一一解鎖。這些題目由我們的日語能力測驗專家親自編寫，精心設計，完全契合最新版的日檢考試標準。我們也為您提供了詳細的解題分析，幫您一一攻破考試的重點困難！

透過這些模擬題，您不僅可以立即了解自己的學習效果，還能洞察考試的全貌，讓您有更強的實戰應對能力。彷彿您已經參加了一場完美的考試訓練班！

如果您迫不及待想挑戰全方位的模擬考題，我們強烈推薦您使用《絕對合格攻略！新日檢 6 回全真模擬 N5 寶藏題庫＋通關解題》，這可是練兵備戰的絕佳選擇！

問題說明
應試訣竅

模擬考題

9. **聽力致勝：本書有大招，靠眼睛看文字，還得靠耳朵辨音哦！**—嘿，別以為學日文只是學點文字，聽力也超重要！本書可是有大招，所有的日文句子都是由日籍專業老師來示範的，我們保證，發音、語調，統統對標 N4 新制考試標準。

不僅如此，您會在學文法的同時，順便熟悉 N4 程度的發音，這可不是光靠眼睛看文字，還得靠耳朵辨音哦！這樣一來，您不僅聽得懂，還能懂得更多，思考也更靈活，日文基礎也會更結實。您想要合格的證書嗎？那就一起來提升您的聽力技能吧！

要是您還想更上一層樓，我們極力推薦搭配《隨看隨聽 朗讀 QR Code 精修版 新制對應 絕對合格！日檢必背聽力N4》，這可是您通往更璀璨未來的快車道！別再猶豫了，聽力致勝，未來無限！

最後，

在這趟精進日文的旅途中，只需些微改變，就能讓您的日文水平飆升！別停下腳步，持之以恆，結果將會迥然不同。本書將一路陪伴您走過準備考試的旅程，一起見證學習的神奇魔法！而且，我們還附贈了線上音檔讓您能夠充分利用通勤、品茶時光等零碎時間來學習，學習都將如影隨形！怎麼學，怎麼考，只要堅持，成功必屬於您！

目錄
contents

ontents

詞性說明

詞　性	定　義	例（日文／中譯）
名詞	表示人事物、地點等名稱的詞。有活用。	門^{もん}（大門）
形容詞	詞尾是い。說明客觀事物的性質、狀態或主觀感情、感覺的詞。有活用。	細^{ほそ}い（細小的）
形容動詞	詞尾是だ。具有形容詞和動詞的雙重性質。有活用。	静^{しず}かだ（安靜的）
動詞	表示人或事物的存在、動作、行為和作用的詞。	言^いう（說）
自動詞	表示的動作不直接涉及其他事物。只說明主語本身的動作、作用或狀態。	花^{はな}が咲^さく（花開。）
他動詞	表示的動作直接涉及其他事物。從動作的主體出發。	母^{はは}が窓^{まど}を開^あける（母親打開窗戶。）
五段活用	詞尾在ウ段或詞尾由「ア段＋る」組成的動詞。活用詞尾在「ア、イ、ウ、エ、オ」這五段上變化。	持^もつ（拿）
上一段活用	「イ段＋る」或詞尾由「イ段＋る」組成的動詞。活用詞尾在イ段上變化。	見^みる（看） 起^おきる（起床）
下一段活用	「エ段＋る」或詞尾由「エ段＋る」組成的動詞。活用詞尾在エ段上變化。	寝^ねる（睡覺） 見^みせる（讓…看）
變格活用	動詞的不規則變化。一般指力行「来る」、サ行「する」兩種。	来^くる（到來） する（做）
力行變格活用	只有「来る」。活用時只在力行上變化。	来^くる（到來）
サ行變格活用	只有「する」。活用時只在サ行上變化。	する（做）
連體詞	限定或修飾體言的詞。沒活用，無法當主詞。	どの（哪個）
副詞	修飾用言的狀態和程度的詞。沒活用，無法當主詞。	余^{あま}り（不太…）

詞　性	定　義	例（日文／中譯）
副助詞	接在體言或部分副詞、用言等之後，增添各種意義的助詞。	～も（也…）
終助詞	接在句尾，表示說話者的感嘆、疑問、希望、主張等語氣。	か（嗎）
接續助詞	連接兩項陳述內容，表示前後兩項存在某種句法關係的詞。	ながら（邊…邊…）
接續詞	在段落、句子或詞彙之間，起承先啟後的作用。沒活用，無法當主詞。	しかし（然而）
接頭詞	詞的構成要素，不能單獨使用，只能接在其他詞的前面。	御^お～（貴〈表尊敬及美化〉）
接尾詞	詞的構成要素，不能單獨使用，只能接在其他詞的後面。	～枚^{まい}（…張〈平面物品數量〉）
寒暄語	一般生活上常用的應對短句、問候語。	お願^{ねが}いします（麻煩…）

關鍵字及
符號表記說明

符號表記	文法關鍵字定義	呈現方式
【　】	該文法的核心意義濃縮成幾個關鍵字。	【義務】
〔　〕	補充該文法的意義。	〔決心〕

▶ 形容詞

活 用	形容詞（い形容詞）	形容詞動詞（な形容詞）
形容詞基本形 （辭書形）	おおきい	きれいだ
形容詞詞幹	おおき	きれい
形容詞詞尾	い	だ
形容詞否定形	おおきくない	きれいでない
形容詞た形	おおきかった	きれいだった
形容詞て形	おおきくて	きれいで
形容詞く形	おおきく	×
形容詞假定形	おおきければ	きれいなら（ば）
形容詞普通形	おおきい おおきくない おおきかった おおきくなかった	きれいだ きれいではない きれいだった きれいではなかった
形容詞丁寧形	おおきいです おおきくありません おおきくないです おおきくありませんでした おおきくなかったです	きれいです きれいではありません きれいでした きれいではありませんでした

▶ 名詞

活 用	名 詞
名詞普通形	あめだ あめではない あめだった あめではなかった
名詞丁寧形	あめです あめではありません あめでした あめではありませんでした

▶ 動詞

活　用	五　段	一　段	カ　変	サ　変
動詞基本形 （辭書形）	書^かく	集^{あつ}める	来^くる	する
動詞詞幹	書^か	集^{あつ}	0 （無詞幹詞尾區別）	0 （無詞幹詞尾區別）
動詞詞尾	く	める	0	0
動詞否定形	書^かかない	集^{あつ}めない	こない	しない
動詞ます形	書^かきます	集^{あつ}めます	きます	します
動詞た形	書^かいた	集^{あつ}めた	きた	した
動詞て形	書^かいて	集^{あつ}めて	きて	して
動詞命令形	書^かけ	集^{あつ}めろ	こい	しろ
動詞意向形	書^かこう	集^{あつ}めよう	こよう	しよう
動詞被動形	書^かかれる	集^{あつ}められる	こられる	される
動詞使役形	書^かかせる	集^{あつ}めさせる	こさせる	させる
動詞可能形	書^かける	集^{あつ}められる	こられる	できる
動詞假定形	書^かけば	集^{あつ}めれば	くれば	すれば
動詞普通形	行^いく 行^いかない 行^いった 行^いかなかった	集^{あつ}める 集^{あつ}めない 集^{あつ}めた 集^{あつ}めなかった	くる こない きた こなかった	する しない した しなかった
動詞丁寧形	行^いきます 行^いきません 行^いきました 行^いきませんでした	集^{あつ}めます 集^{あつ}めません 集^{あつ}めました 集^{あつ}めませんでした	きます きません きました きませんでした	します しません しました しませんでした

N4 文法速記表

★ 步驟一：沿著虛線剪下《速記表》，並且用你喜歡的方式裝訂起來！

★ 步驟二：請在「讀書計劃」欄中填上日期，依照時間安排按部就班學習，每完成一項，就用螢光筆塗滿格子，看得見的學習，效果加倍！

項目	文法	中譯（功能）	讀書計畫
詞類的活用	こんな	這樣的、這麼的、如此的	
	そんな	那樣的	
	あんな	那樣的	
	こう	這樣、這麼	
	そう	那樣	
	ああ	那樣	
	ちゃ、ちゃう	ては、てしまう的縮略形式	
	～が	表後面的動作或狀態的主體	
	までに	在…之前、到…時候為止	
	數量詞＋も	多達…	
	ばかり	淨…、光…；總是…、老是…	
	でも	…之類的；就連…也	
	疑問詞＋でも	無論、不論、不拘	
	疑問詞＋か	表事態的不明確性	
	とか～とか	…啦…啦、…或…、及…	
	し	既…又…、不僅…而且…	
	の	…嗎	
	だい	…呢、…呀	
	かい	…嗎	
	な（禁止）	不准…、不要…	
	さ	表程度或狀態	
	らしい	好像…、似乎…；説是…、好像…；像…樣子、有…風度	
	がる（がらない）	覺得…（不覺得…）、想要…（不想要）	
	たがる（たがらない）	想…（不想…）	
	（ら）れる（被動）	被…	
	お～になる、ご～になる	表動詞尊敬語的形式	
	（ら）れる（尊敬）	表對對方或話題人物的尊敬	
	お＋名詞、ご＋名詞	表尊敬、鄭重、親愛	
	お～する、ご～する	表動詞的謙讓形式	

項目	文法	中譯（功能）	讀書計畫
詞類的活用	お～いたす、ご～いたす	表謙和的謙讓形式	
	ておく	…著；先…、暫且…	
	名詞＋でございます	表鄭重的表達方式	
	（さ）せる	讓…、叫…	
	（さ）せられる	被迫…、不得已…	
	ず（に）	不…地、沒…地	
	命令形	給我…、不要…	
	の（は／が／を）	的是…	
	こと	做各種形式名詞用法	
	ということだ	聽説…、據説…	
	ていく	…去；…下去	
	てくる	…來；…起來、…過來；…（然後再）來…	
	てみる	試著（做）…	
	てしまう	…完	
句型	（よ）うとおもう	我想…、我要…	
	（よ）う	…吧	
	つもりだ	打算…、準備…	
	（よ）うとする	想…、打算…	
	ことにする	決定…；習慣…	
	にする	決定…、叫…	
	お～ください、ご～ください	請…	
	（さ）せてください	請允許…、請讓…做…	
	という	叫做…	
	はじめる	開始…	
	だす	…起來、開始…	
	すぎる	太…、過於…	
	ことができる	能…、會…	
	（ら）れる（可能）	會…；能…	
	なければならない	必須…、應該…	
	なくてはいけない	必須…	
	なくてはならない	必須…、不得不…	
	のに（目的・用途）	用於…、為了…	

項目	文法	中譯（功能）	讀書計畫
句型	のに（逆接・對比）	明明…、卻…、但是…	
	けれど（も）、けど	雖然、可是、但…	
	てもいい	…也行、可以…	
	てもかまわない	即使…也沒關係、…也行	
	てはいけない	不准…、不許…、不要…	
	たことがある	曾…過	
	つづける	連續…、繼續…	
	やる	給予…、給…	
	てやる	給…（做…）	
	あげる	給予…、給…	
	てあげる	（為他人）做…	
	さしあげる	給予…、給…	
	てさしあげる	（為他人）做…	
	くれる	給…	
	てくれる	（為我）做…	
	くださる	給…、贈…	
	てくださる	（為我）做…	
	もらう	接受…、取得…、從…那兒得到…	
	てもらう	（我）請（某人為我做）…	
	いただく	承蒙…、拜領…	
	ていただく	承蒙…	
	てほしい	希望…、想…	
	ば	如果…的話、假如…、如果…就…	
	たら	要是…；如果要是…了、…了的話	
	たら～た（確定條件）	原來…、發現…、才知道…	
	なら	要是…的話	
	と	一…就	
	まま	…著	
	おわる	結束、完了	
	ても、でも	即使…也	
	疑問詞＋ても、でも	不管（誰、什麼、哪兒）…；無論…	
	だろう	…吧	
	（だろう）とおもう	（我）想…、（我）認為…	

項目	文法	中譯（功能）	讀書計畫
句型	とおもう	覺得…、認為…、我想…、我記得…	
	といい	…就好了；最好…、…為好	
	かもしれない	也許…、可能…	
	はずだ	（按理説）應該…；怪不得…	
	はずがない	不可能…、不會…、沒有…的道理	
	ようだ	像…一樣的、如…似的；好像…	
	そうだ	聽説…、據説…	
	やすい	容易…、好…	
	にくい	不容易…、難…	
	と～と、どちら	在…與…中，哪個…	
	ほど～ない	不像…那麼…、沒那麼…	
	なくてもいい	不…也行、用不著…也可以	
	なくてもかまわない	不…也行、用不著…也沒關係	
	なさい	要…、請…	
	ため（に）	以…為目的，做…、為了…；因為…所以…	
	そう	好像…、似乎…	
	がする	感到…、覺得…、有…味道	
	ことがある	有時…、偶爾…	
	ことになる	（被）決定…；也就是説…	
	かどうか	是否…、…與否	
	ように	請…、希望…；以便…、為了…	
	ようにする	爭取做到…、設法使…；使其…	
	ようになる	（變得）…了	
	ところだ	剛要…、正要…	
	ているところだ	正在…	
	たところだ	剛…	
	たところ	結果…、果然…	
	について（は）、につき、についても、についての	有關…、就…、關於…	

N4
1. 詞類的活用 (1)

こんな

1. 這樣的、這麼的、如此的；2. 這樣地

接續方法 ▶ こんな＋ {名詞}

1 【程度】 間接地在講人事物的狀態或程度，而這個事物是靠近說話人的，也可能是剛提及的話題或剛發生的事。

2 〖こんなに〗「こんなに」為指示程度，是「這麼，這樣地；如此」的意思，為副詞的用法，用來修飾動詞或形容詞。

例1 こんな大きな木は見たことがない。

沒看過如此大的樹木。

哇！又高又茂密的一棵樹！這輩子還真沒看過呢！「こんな」（這麼的）指的是又高又密，又這麼大棵的樹。

這是說話人憑自己主觀的感覺，述說身邊的這棵樹很大喔！

2 こんな車がほしいです。

想要一輛像這樣的車子。

3 こんな洋服は、いかがですか。

這樣的洋裝如何？

4 こんな山の上まで、家が建っている。

連在這麼深山的地方都座落著房屋。

5 こんなにいい人はめったにいない。

這麼好的人，實在是少有的。

比　較

こんな（這樣的，如此的）
→說話人主觀的感想。對象如同在自己的身邊。常含有貶義。

このよう（這樣，如此）
→說話人對客觀狀態的說明。

_{grammar} 002 そんな

1. 那樣的；2. 那樣地

接續方法 ▸ そんな＋{名詞}

1【程度】間接的在説人或事物的狀態或程度。而這個事物是靠近聽話人的或聽話人之前説過的。有時也含有輕視和否定對方的意味，如例（1）～（4）。

2〖そんなに〗「そんなに」為指示程度，是「那麼，那樣地」的意思，為副詞的用法，用來修飾動詞或形容詞，如例（5）。

例1 そんなことばかり言わないで、元気を出して。

別淨説那些話，打起精神來。

花子對著鏡子沮喪的説：「老天真不公平，讓我長得像醜小鴨！」

你又來了！別老那樣説啦！打起精神來！「そんな」（那樣的），指的是前面花子説的「老天真不公平，讓我長得像醜小鴨！」。

---

2 そんな失礼なことは言えない。

我説不出那樣沒禮貌的話。

3 そんなことをしたらだめです。

不可以那樣做。

4 久保田さんは、そんな人ではありません。

久保田先生不是那樣的人。

5 そんなに寒くない。

沒那麼冷。

あんな

1.那樣的；2.那樣地

類義表現

こんな
這樣的、這麼的、如此的

接續方法 ▶ あんな＋{名詞}

1【程度】間接地說人或事物的狀態或程度。而這是指說話人和聽話人以外的事物，或是雙方都理解的事物，如例（1）～（4）。

2〖あんなに〗「あんなに」為指示程度，是「那麼，那樣地」的意思，為副詞的用法，用來修飾動詞或形容詞，如例（5）。

例1 私は、あんな女性と結婚したいです。

我想和那樣的女性結婚。

兩人聊到了一位女子，她既美麗又溫柔體貼。唉呀！我真想跟「あんな」（那樣的＝既美麗又溫柔體貼）女人結婚呢！

對女性而言，這話題不是直接跟她說，而是兩個男人間接地在說她的。

---

2 私はあんな色が好きです。

我喜歡那種顏色。

---

3 私もあんな家に住みたいです。

我也想住那樣的房子。

---

4 あんなやり方ではだめだ。

那種作法是行不通的。

---

5 彼女があんなに優しい人だとは知りませんでした。

我不知道她是那麼貼心的人。

---

grammar 004

こう

1. 這樣、這麼；2. 這樣

類義表現

そう

那様

接續方法 ▶ こう＋{動詞}

1【方法】表示方式或方法，如例（1）～（4）。

2【限定】表示眼前或近處的事物的樣子、現象，如例（5）。

例1 アメリカでは、こう握手して挨拶します。

在美國都像這樣握手寒暄。

在紐約工作，有許多文化及習慣是需要學習的。

同事教我説，在美國都是「こう」（這樣＝握手）寒暄致意的！

2 お箸はこう持ちます。

像這樣拿筷子。

3 「ちょっとここを押さえていてください。」「こうですか。」

「麻煩幫忙壓一下這邊。」「像這樣壓住嗎？」

4 こうすれば、簡単に窓がきれいになります。

只要這樣做，很容易就能讓窗戶變乾淨。

5 こう毎日雨だと、洗濯物が全然乾かなくて困ります。

像這樣每天下雨，衣服根本晾不乾，真傷腦筋。

grammar 005 そう

1.那樣；2.那樣

類義表現

ああ
那麼、那樣

接續方法 ▸ そう＋{動詞}

1【方法】表示方式或方法，如例（1）～（3）。

2【限定】表示眼前或近處的事物的樣子、現象，如例（4）、（5）。

例1 そうしたら、君も東大に合格できるのだ。

　　那樣一來，你也能考上東京大學的！

告訴你考東大並不難！只要按照我的學習秘方，「そう」（那樣）的話，你也可以考上東大了。

POINT

「そう」指的是，剛剛說的「只要按照我的學習秘方」喔！

2「タクシーで行こうよ」「うん、そうしよう」

　　「我們搭計程車去嘛！」「嗯，就這麼辦吧。」

3 父には、そう説明するつもりです。

　　打算跟父親那樣說明。

4 私もそういうふうになりたいです。

　　我也想變成那樣。

5 息子は野球が好きだ。僕も子供のころそうだった。

　　兒子喜歡棒球，我小時候也一樣。

ああ

1. 那樣；2 那樣

類義表現

あんな
那樣的

接續方法 ▸ ああ＋{動詞}

1【限定】表示眼前或近處的事物的樣子、現象，如例（1）～（4）。

2【方法】表示方式或方法，如例（5）。

例1 ああ太っていると、苦しいでしょうね。

那麼胖一定很痛苦吧！

看到一個胖先生，
胖得褲子都撐破了。

我們看到他氣喘吁吁的樣子，都
覺得胖成「ああ」（那樣＝褲子都
撐破了），一定很痛苦吧！

---

2 彼は怒るといつもああだ。

他一生起氣來一向都是那樣子。

3 ああ壊れていると、直せないでしょう。

毀損到那種地步，大概沒辦法修好了吧。

4 僕には、ああはできません。

我才沒辦法像那樣。

5 ああしろこうしろとうるさい。

一下叫我那樣，一下叫我這樣煩死人了！

grammar
007 ちゃ、ちゃう

類義表現
じゃ
那麼；那

接續方法▶ {動詞て形}＋ちゃ、ちゃう

1 【縮略形】「ちゃ」是「ては」的縮略形式，也就是縮短音節的形式，一般是用在口語上。多用在跟自己比較親密的人，輕鬆交談的時候，如例（1）～（4）。

2 〖てしまう→ちゃう〗「ちゃう」是「てしまう」，「じゃう」是「でしまう」的縮略形式，如例（5）。

3 〖では→じゃ〗其他如「じゃ」是「では」的縮略形式，「なくちゃ」是「なくては」的縮略形式。

例1 飲み過ぎちゃって、立てないよ。
喝太多了，站不起來嘛！

太郎怎麼喝這麼多汽水啊！喝到肚子都脹起來了！

「ちゃ」是為了發音上的方便，所以常用在口語裡。意思上可是完全沒變喔！

2 まだ、火をつけちゃいけません。
還不可以點火。

3 宿題は、もうやっちゃったよ。
作業已經寫完了呀！

4 動物にえさをやっちゃだめです。
不可以餵食動物。

5 8時だ。会社に遅れちゃう。
八點了！上班要遲到啦！

〜が

grammar **008**

接續方法▸ {名詞}＋が

【動作或狀態主體】接在名詞的後面，表示後面的動作或狀態的主體。大多用在描寫句。

例1 子供が、泣きながら走ってきた。
こども　　　な　　　　　　はし

小孩邊哭邊跑了過來。

誰欺負你啦？怎麼邊跑邊哭呢？

「が」前面接「子供」，表示後面的「邊跑邊哭」這個動作的主體是「子供」。

---

2 雨が降っています。
あめ　ふ

正在下雨。

3 台風で、窓が壊れました。
たいふう　　まど　こわ

颱風導致窗戶壞了。

4 新しい番組が始まりました。
あたら　　ばんぐみ　はじ

新節目已經開始了。

5 あるところに、おじいさんとおばあさんがいました。

在某個地方，曾經有一對老爺爺和老奶奶。

～までに

1. 在…之前、到…時候為止；2. 到…為止

接續方法 ▶ {名詞；動詞辭書形} ＋までに

1【期限】 接在表示時間的名詞後面，後接一次性行為的瞬間性動詞，表示動作或事情的截止日期或期限，如例（1）～（3）。

2〖範圍—まで〗 不同於「までに」，用「まで」後面接持續性的動詞和行為，表示某事件或動作，一直到某時間點前都持續著，如例（4）、（5）。

例1 この車、金曜日までに直りますか。

請問這輛車在星期五之前可以修好嗎？

「までに」前面接時間名詞，而「直す」（修理）這個動作的期限是在「金曜日」（星期五）。

車子出狀況了！又剛好遇到星期六要帶女朋友去兜風。

只要是「までに」之前完成，什麼時候都可以啦！

2 これ、何時までにやればいいですか。

這件事，在幾點之前完成就可以了呢？

3 先生が来るまでに返すから、宿題を写させてよ。

老師進來之前一定會還給你的，習題借我抄嘛！

4 昨日は日曜日で、お昼まで寝ていました。

昨天是星期日，所以睡到了中午。

5 仕事が終わるまで、携帯電話に出られません。

直到工作結束之前都無法接聽手機。

比 較
までに（在…之前） →動作要在前接的這個期限以前完成。 **まえに**（之前） →用「AまえにB」表示B發生在A之前。客觀描述前後的關係。

grammar 010 數量詞＋も

1. 多達…；2. 好…

類義表現

ばかり
…左右

接續方法 ▶ {數量詞}＋も

1【強調】 前面接數量詞，用在強調數量很多、程度很高的時候，由於因人物、場合等條件而異，所以前接的數量詞雖不一定很多，但還是表示很多，如例（1）～（3）。

2【數量多】 用「何＋助數詞＋も」，像是「何回も（好幾回）、何度も（好幾次）」等，表示實際的數量或次數並不明確，但說話者感覺很多，如例（4）、（5）。

例1 彼女はビールを5本も飲んだ。

她喝了多達 5 瓶的啤酒。

這裡的「も」用來表示前接的數量詞「5本」(5 瓶)，量是「很多的」。同時也含有意外的語意喔！

這女孩看來才剛滿 20 歲，但竟一口氣喝了 5 瓶啤酒。

2 ゆうべはワインを2本も飲みました。

昨晚喝了多達兩瓶紅酒。

3 私はもう30年も小学校の先生をしています。

我已經擔任小學教師長達三十年了。

4 何回も電話したけれど、いつも留守だ。

已經打過了好多通電話，可是總是沒人接。

5 ディズニーランドは何度も行きましたよ。

我去過迪士尼樂園好幾次了喔！

比　較

數量詞＋も（多達…）
→強調數量很多，程度很高。

數量詞＋ばかり（左右、上下）
→表示大致的量。

～ばかり

1. 淨…、光…；2. 總是…、老是…；3. 剛…

<table>
<thead>
<tr><th>類義表現</th></tr>
</thead>
<tbody>
<tr><td>ている</td></tr>
<tr><td>…都有（動作的反覆）</td></tr>
</tbody>
</table>

1 【強調】{名詞}＋ばかり。表示數量、次數非常多，而且淨是些不想看到、聽到的不理想的事情。如例（1）～（3）。

2 【重複】{動詞て形}＋ばかり。表示說話人對不斷重複一樣的事，或一直都是同樣的狀態，有不滿、譴責等負面的評價，如例（4）、（5）。

3 【時間前後】{動詞た形}＋ばかり表示某動作剛結束不久，含有說話人感到時間很短的語感。例如：「ライン読んだ。ごめん、今起きたばかりなんだ／你看過 LINE 了嗎？抱歉，我剛起床。」

例1 アルバイトばかりしていないで、勉強もしなさい。

別光打工，也要唸書！

在美國讀書的阿明，最近打工的時間都比讀書多。

記得不要本末倒置喔！表示打工時間太多了就用「ばかり」（淨…）。

2 漫画ばかりで、本は全然読みません。
光看漫畫，完全不看書。

3 うちの子はお菓子ばかり食べています。
我家小孩總是只吃餅乾糖果。

4 寝てばかりいないで、手伝ってよ。
別老是睡懶覺，過來幫忙啦！

5 お父さんはお酒を飲んでばかりいます。
爸爸老是在喝酒。

<table>
<thead>
<tr><th>比 較</th></tr>
</thead>
<tbody>
<tr><td>名詞＋ばかり（淨、只）
→表示限定，只有這個名詞，沒有別的。</td></tr>
<tr><td>動詞原形＋ばかり（簡直、幾乎）
→表示比喻，強調程度之甚。如：「景色は驚くばかりの美しさだった」（景色美得叫人嘆為觀止。）</td></tr>
</tbody>
</table>

～でも

1. …之類的；2. 就連…也

類義表現
とか
…啦

接續方法 ▶ {名詞}＋でも

1 【**舉列**】用於隨意舉例。表示雖然含有其他的選擇，但還是舉出一個具代表性的例子，如例（1）～（3）。

2 【**極端的例子**】先舉出一個極端的例子，再表示其他一般性的情況當然是一樣的，如例（4）、（5）。

例1 お帰りなさい。お茶でも飲みますか。

你回來了。要不要喝杯茶？

為了慰勞老公一天工作的辛苦。要不要喝杯茶啊？

「でも」是表示「要喝茶呢？還是喝其他的飲料呢？」。

2 映画でも行きませんか。

要不要去看部電影呢？

3 子供にピアノでも習わせたい。

至少想讓孩子學個鋼琴之類的樂器。

4 日本人でも読めない漢字があります。

就連日本人，也都會有不會唸的漢字。

5 このことは、小学生でも知っているでしょう。

這種事連小學生都知道吧！

013 疑問詞＋でも
無論、不論、不拘

類義表現

疑問詞＋も
無論…都…

接續方法 ▶ {疑問詞}＋でも

1 **【全面肯定或否定】**「でも」前接疑問詞時，表示全面肯定或否定，也就是沒有例外，全部都是。句尾大都是可能或容許等表現。

2 〖✕なにでも〗沒有「なにでも」的説法。

例1 なんでも相談してください。

什麼都可以找我商量。

公司的新人好像很煩惱的樣子，身為前輩的我，就來提點她一下吧！

「でも」（不論）前面接疑問詞「なん」（什麼），意思是「不論什麼」，都可以來「相談」（商量、詢問）！

---

2 これは誰でも作れます。

這種事誰都會做。

3 いつでも手伝ってあげます。

隨時都樂於幫你忙的。

4 お茶とコーヒーと、どちらでもいいです。

茶或咖啡，哪一種都可以。

5 どこでも、仕事を見つけることができませんでした。

哪裡都找不到工作。

grammar 014　疑問詞＋〜か

…呢

類義表現

疑問詞＋が
疑問詞作為主語

接續方法 ▶ {疑問詞}＋{名詞；形容動詞詞幹；[形容詞・動詞] 普通形}＋か

1 【不確定】表示疑問，也就是對某事物的不確定。當一個完整的句子中，包含另一個帶有疑問詞的疑問句時，則表示事態的不明確性。

2 〔省略助詞〕此時的疑問句在句中扮演著相當於名詞的角色，但後面的助詞「は、が、を」經常被省略。

例1 外に誰がいるか見て来てください。

請去看看誰在外面。

> 準備要睡覺了，怎麼窗外有個人影！「北鼻～好像有人在外面耶，人家好怕噢！」

> 「是誰！？」用「か」表示知道有「誰」在那裡，但不確定那個人是誰。

2 映画は何時から始まるか教えてください。

請告訴我電影幾點放映。

3 何をしたか正直に言いなさい。

你到底做了什麼事，從實招來！

4 パーティーに誰が来たか忘れてしまいました。

我已經忘記誰來過派對了。

5 どんな本を読めばいいか分かりません。

我不知道該讀哪種書才好。

〜とか〜とか

1.…啦…啦、…或…、及…；3.又…又…

接續方法▶ {名詞；[形容詞・形容動詞・動詞] 辭書形}＋とか＋{名詞；[形容詞・形容動詞・動詞] 辭書形}＋とか

1 【列舉】「とか」上接同類型人事物的名詞之後，表示從各種同類的人事物中選出幾個例子來說，或羅列一些事物，暗示還有其它，是口語的說法，如例（1）～（4）。

2 〖只用とか〗有時「〜とか」僅出現一次，如例（5）。

3 【不明確】列舉出相反的詞語時，表示說話人不滿對方態度變來變去，或弄不清楚狀況。例如：「息子夫婦は、子供を産むとか産まないとか言って、もう7年くらいになる／我兒子跟媳婦一會兒又說要生小孩啦，一會兒又說不生小孩啦，這樣都過七年了。」

例1 赤とか青とか、いろいろな色を塗りました。

或紅或藍，塗上了各種的顏色。

> 哇！這幅畫塗上好幾種顏色呢！有哪些顏色呢？看「とか」前面，原來有「赤」（紅色）跟「青」（藍色）。

> 「とか」只是從各種顏色中舉出一、兩個例子，言外之意是還有其他顏色喔！

2 きれいだとか、可愛いとか、よく言われます。

常有人誇獎我真漂亮、真可愛之類的。

3 趣味は、漫画を読むとか、音楽を聞くとかです。

我的興趣是看看漫畫啦，還有聽聽音樂。

4 疲れたときは、早く寝るとか、甘いものを食べるとかするといいよ。

疲倦的時候，看是要早點睡覺，還是吃甜食都好喔。

5 ときどき運動したほうがいいよ。テニスとか。

還是偶爾要運動比較好喔，比如打打球網球什麼的。

比 較

とか（連，甚至）
→用在列舉一些類似的事物。但，最近也含有婉轉表示「だけ」（僅只這個）之意。如「お茶とか飲みに行かない」（要不要去喝杯茶）。

でも（儘管…也）
→表示列舉，語含還有其他可選擇的。

～し

1.既…又…、不僅…而且…；2.因為…

類義表現

から
因為…

接續方法▶ {[形容詞・形容動詞・動詞] 普通形}＋し

1【並列】 用在並列陳述性質相同的複數事物同時存在，或說話人認為兩事物是有相關連的時候，如例（1）～（4）。

2【理由】 表示理由，但暗示還有其他理由。是一種表示因果關係較委婉的說法，但前因後果的關係沒有「から」跟「ので」那麼緊密，如例（5）。

例1 この町は、工業も盛んだし商業も盛んだ。

這城鎮不僅工業很興盛，就連商業也很繁榮。

哇！近幾年來，這個小鎮由於鎮長的優良施政，發展得真好呢！

用兩個「し」並列著不僅是工業，就連跟商業都很發展，同性質的兩種產業來。

比 較

し（既…又…、不僅…而且…）
→表示原因，前後的因果關係，沒有「から」那麼緊密。暗示還有其他原因。

から（因為）
→說話人出自主觀的請求、推測、命令、主張等的原因。

2 うちのアパートは、広いし駅にも近い。
我家的公寓不但寬敞，而且離車站又近。

3 三田村は、奥さんはきれいだし子供もよくできる。
三田村先生不但有個漂亮的太太，孩子也很成器。

4 おなかもすいたし、喉も渇いた。
不但肚子餓了，而且喉嚨也渴了。

5 雨が降りそうだし、今日はもう帰ります。
看來也快下雨了，今天就先回家了。

grammar 017 〜の

…嗎

類義表現

句子＋ね

…嗎、…呢

接續方法 ▶ {句子}＋の

【疑問】用在句尾，以升調表示提出問題。一般是用在對兒童，或關係比較親密的人，為口語用法。

例1 行ってらっしゃい。何時に帰るの。

路上小心。什麼時候回來？

那麼，大約幾點回來呢？用「の」提高升調，來發問。

嗯？看你帶著球具，今天要出去打球嗎？

---

2 どうしたの。具合悪いの。

怎麼了？身體不舒服嗎？

3 ゆうべはあんなにお酒を飲んだのに、どうしてそんなに元気なの。

昨天晚上你明明就喝了那麼多酒，為什麼今天還能那麼精神奕奕呢？

4 お風呂、もう出たの。

已經洗完澡了嗎？

5 あなた。この背広の口紅は何なの。

老公！這件西裝上的口紅印是怎麼回事？

grammar 018

〜だい

…呢、…呀

接續方法 ▶ {句子}＋だい

【疑問】接在疑問詞或含有疑問詞的句子後面，表示向對方詢問的語氣，有時也含有責備或責問的口氣。成年男性用言，用在口語，説法較為老氣。

例1 田舎のおかあさんの調子はどうだい。
郷下母親的狀況怎麼樣？

今天社長心情不錯，還問了我家鄉老母的近況。

詢問的時候，用「だい」(…呢) 來問。

2 これ、どうやって作ったんだい。
這是怎樣做出來的哩？

3 誰がそんなことを言ったんだい。
是誰説那種話的呀？

4 入学式の会場はどこだい。
開學典禮會場在哪裡？

5 君の趣味は何だい。
你的嗜好是啥？

～かい

…嗎

類義表現

句子＋か
嗎、呢

接續方法 ▶ {句子} ＋かい

【疑問】放在句尾，表示親暱的疑問。用在句尾讀升調。一般為年長男性用語。

例1 花見は楽しかったかい。

賞花有趣嗎？

> 上星期日小愛不是到上野公園賞櫻去了嗎？

> 好玩嗎？用「かい」來跟自己關係親近的人，詢問一下。

2 君、出身は東北かい。

你來自東北嗎？

3 体の具合はもういいのかい。

身體狀況已經恢復了嗎？

4 その辞書は役に立つかい。

那字典對你有幫助嗎？

5 財布は見つかったかい。

錢包找到了嗎？

grammar 020

～な

不准…、不要…

接續方法 ▶ {動詞辭書形}＋な

【禁止】表示禁止。命令對方不要做某事、禁止對方做某事的説法。由於説法比較粗魯，所以大都是直接面對當事人説。一般用在對孩子、兄弟姊妹或親友時。也用在遇到緊急狀況或吵架的時候。

例1 病気のときは、無理をするな。

生病時不要太勉強了！

女兒一個人在外打拼，這下子生病了！媽媽又心疼、又擔心的！

用「な」來命令女兒，生病的時候，不准你太勉強自己了。

2 こら、授業中に寝るな。

喂，上課時不准睡覺！

3 がんばれよ。ぜったい負けるなよ。

加油點，千萬別輸了！

4 ここに荷物を置くな。じゃまだ。

不要把行李放在這裡！很礙路。

5 (看板) この先危険。入るな。

(警示牌) 前方危險，禁止進入！

～さ

…度、…之大

接續方法 ▶ {[形容詞・形容動詞] 詞幹}＋さ

【**程度**】接在形容詞、形容動詞的詞幹後面等構成名詞，表示程度或狀態。
也接跟尺度有關的如「長さ（長度）、深さ（深度）、高さ（高度）」等，這時
候一般是跟長度、形狀等大小有關的形容詞。

例1 北国の冬の厳しさに驚きました。

北方地帶冬季的嚴寒令我大為震撼。

冬天去了一趟北海道，在深山裡遇到暴風雪，面對大自然嚴峻的挑戰，讓我深感敬畏。

冬天的「厳しさ」（嚴峻）。「さ」表示嚴寒。

2 彼女の美しさにひかれました。

我為她的美麗而傾倒。

3 彼の心の優しさに、感動しました。

為他的溫柔體貼而感動。

4 この店は、おいしさと安さで評判です。

這家店以美味與便宜而聞名。

5 仕事の丁寧さは、仕事の遅さにつながることもある。

工作時的仔細，有時候會導致工作的延遲。

～らしい

1. 好像…、似乎…；2. 說是…、好像…；3. 像…樣子、有…風度

類義表現

ようだ
好像…

接續方法▶ {名詞；形容動詞詞幹；[形容詞・動詞]普通形} ＋らしい

1 **【據所見推測】** 表示從眼前可觀察的事物等狀況,來進行想像性的客觀推測,如例(1)、(2)。

2 **【據傳聞推測】** 表示從外部來的,是說話人自己聽到的內容為根據,來進行客觀推測。含有推測、責任不在自己的語氣,如例(3)、(4)。

3 **【樣子】** 表示充分反應出該事物的特徵或性質,如例(5)。

例1 王_{オウ}さんがせきをしている。風邪_{かぜ}を引_ひいているらしい。

王先生在咳嗽。他好像是感冒了。

唉呀!怎麼在咳嗽呢?

判斷王先生「風邪を引いているらしい」(好像感冒了),是從眼前王先生在咳嗽這一狀況判斷的。

2 地面_{じめん}が濡_ぬれている。夜中_{よなか}に雨_{あめ}が降_ふったらしい。

地面是濕的。半夜好像有下雨的樣子。

3 みんなの噂_{うわさ}では、あの人_{ひと}は本当_{ほんとう}は男_{おとこ}らしい。

大家都在說,那個人似乎其實是位男士。

4 先生_{せんせい}がおっしゃるには、今度_{こんど}の試験_{しけん}はとても難_{むずか}しいらしいです。

照老師所說,這次的考試好像會很難的樣子。

5 大石_{おおいし}さんは、とても日本人_{にほんじん}らしい人_{ひと}です。

大石小姐給人感覺很有日本人的風韻。

比　較

らしい(好像;說是;有…風度)
→表示原因,前後的因果關係,沒有「から」那麼緊密。暗示還有其他原因。

ようだ(好像)
→除了有跟「らしい」一樣客觀的判斷,也含有主觀性的判斷。

～がる（～がらない）

覺得…（不覺得…）、想要…（不想要…）

接續方法▶ {[形容詞・形容動詞] 詞幹}＋がる、がらない

1【感覺】表示某人説了什麼話或做了什麼動作，而給説話人留下這種想法，有這種感覺，想這樣做的印象，「がる」的主體一般是第三人稱，如例（1）～（3）。

2〖を＋ほしい〗當動詞為「ほしい」時，搭配的助詞為「を」，而非「が」，如例（4）。

3〖現在狀態〗表示現在的狀態用「～ている」形，也就是「がっている」，如例（5）。

例1 みんながいやがる仕事を、進んでやる。

大家都不想做的工作，就交給我做吧！

大家都挑好做的案子，剩下都是些費時的案子。

既然大家都「いやがる」（不想做）的話，那麼難做的、少人做的就由我來吧！

2（病院で）怖がらなくていいですよ、痛くないですから。

（在醫院裡）不必害怕喔，這不會痛的。

3 子供がめんどうがって部屋の掃除をしない。

小孩嫌麻煩，不願打掃房間。

4 妻がきれいなドレスをほしがっています。

妻子很想要一件漂亮的洋裝。

5 あなたが来ないので、みんな残念がっています。

因為你不來，大家都覺得非常可惜。

～たがる（～たがらない）

想…（不想…）

接續方法▶ {動詞ます形}＋たがる（たがらない）

1 【希望】是「たい的詞幹」＋「がる」來的。用在表示第三人稱，顯露在外表的願望或希望，也就是從外觀就可看對方的意願，如例（1）、（2）。

2 〖否定－たがらない〗以「たがらない」形式，表示否定，如例（3）。

3 〖現在狀態〗表示現在的狀態用「～ている」形，也就是「たがっている」，如例（4）、（5）。

例1 娘が、まだ小さいのに台所の仕事を手伝いたがります。

女兒還很小，卻很想幫忙廚房的工作。

女兒雖然才上幼稚園，但很懂事，已經會幫忙做家事了。

現在我在廚房裡忙，她也「手伝いたがります」（想幫忙）呢！

2 子供も来たがったんですが、留守番をさせました。

孩子雖然也吵著要來，但是我讓他留在家裡了。

3 子供が歯医者に行きたがらない。

小孩子不願意去看牙醫。

4 息子は犬を飼いたがっています。

兒子非常渴望養狗。

5 4歳の娘はサンタさんに会いたがっている。

四歲的女兒很希望和聖誕老公公見面。

比 較

たがる（想…）
→主語僅限第三人稱。接他動詞時，對象用「を」表示。

たい（想…）
→主語是第一人稱，但疑問句的主語可以是第二人稱。另外，表示推測或傳聞的主語也可以是第三人稱。

Practice • 1

問題一 （　）の ところに 何を 入れますか。1・2・3・4から いち ばん いい ものを 一つ えらびなさい。

1　赤ん坊（　　）眠って います。
　　　1 を　　　　　　　2 が　　　　　　　3 に　　　　　　　4 へ

2　明日（　　）本を 返して ください。
　　　1 までに　　　　　2 から　　　　　　3 より　　　　　　4 へ

3　お茶（　　）飲みませんか。
　　　1 に　　　　　　　2 でも　　　　　　3 で　　　　　　　4 にも

4　あの 人は いつも 本（　　）読んで います。
　　　1 しか　　　　　　2 でも　　　　　　3 ばかり　　　　　4 にも

5　お菓子は、ケーキ（　　）アイスクリーム（　　）が たくさんあります。
　　　1 し／し　　　　　2 や／や　　　　　3 も／も　　　　　4 とか／とか

6　あの レストランの 値段は 高い（　　）不味い（　　）、店員も 優しくない。
　　　1 し／し　　　　　2 て／て　　　　　3 に／に　　　　　4 が／が

7　彼女は 勉強も できる（　　）、スポーツも 上手です。
　　　1 し　　　　　　　2 と　　　　　　　3 に　　　　　　　4 て

8　となりの 部屋の 音（　　）うるさい。
　　　1 を　　　　　　　2 が　　　　　　　3 に　　　　　　　4 て

9　この冬は、（　　）が 厳しいですね。
　　　1 さむい　　　　　2 さむかた　　　　3 さむさ　　　　　4 さむいの

10 その 映画は もう 3回（　　）見ましたよ。

1 が　　　　　　　2 を　　　　　　　3 も　　　　　　　4 の

11 私も （　　）指輪が ほしい。

1 あんな　　　　　2 ああ　　　　　　3 あそこ　　　　　4 あれ

12 どうして 朝ごはんを 食べない（　　　）？

1 ばかり　　　　　2 の　　　　　　　3 な　　　　　　　4 し

13 日本料理は 何（　　）好きです。

1 を　　　　　　　2 が　　　　　　　3 は　　　　　　　4 でも

14 もう 宿題は 終わった（　　　）？

1 が　　　　　　　2 を　　　　　　　3 も　　　　　　　4 の

問題二	（　　）の ところに 何を 入れますか。1・2・3・4から いちばん いい ものを 一つ えらびなさい。

1 この エレベーターは （　　）安全です。

1 あたらしい　　　　　　　　　　2 あたらしいで

3 あたらしくので　　　　　　　　4 あたらしいので

2 子どもは 学校に （　　）たがらない。

1 行き　　　　　2 行く　　　　　3 行って　　　　4 行くと

3 危ないから、あの 川で （　　）な。

1 およげ　　　　2 およぎ　　　　3 およぐ　　　　4 およいで

4 あんなに （　　）のに、どうして 不合格なのだろう。

1 勉強　　　　　2 勉強した　　　3 勉強し　　　　4 勉強して

5 たいていの 子どもは アイスクリームを （　　　）がります。

1 ほしくて　　　2 ほしく　　　　3 ほしい　　　　4 ほし

（　）の　ところに　何を　入れますか。1・2・3・4から　いち
ばん　いい　ものを　一つ　えらびなさい。

1 私は　何も　（　　）。
1 食べたいです　　　　　　　　　　2 食べたがって　います
3 食べたく　ないです　　　　　　　4 食べたがって　いません

2 先月　美術館に　入った　泥棒は、捕まった（　　）。
1 らしいく　　　　2 らしいだ　　　　3 らしく　　　　4 らしい

3 私の　髪の　（　）は　妹と　だいたい　同じです。
1 長くて　　　　　2 長く　　　　　3 長い　　　　4 長さ

4 （　　）失礼な　ことは　いえないよ。
1 そこ　　　　　　2 それ　　　　　3 そんな　　　　4 そちら

5 （　）いう　ことは　言わない　ほうが　いい。
1 あそこ　　　　　2 あれ　　　　　3 あんな　　　　4 ああ

N4
2. 詞類的活用 (2)

日文小祕方 1 ▶ 被動形

動詞的被動形變化

1 第一類（五段動詞）

　　將動詞辭書形變成 "ない" 形，然後將否定形的 "ない" 去掉，最後加上 "れる" 就可以了。

例如：

洗<small>あら</small>う → 洗<small>あら</small>わない → 洗<small>あら</small>わ → 洗<small>あら</small>われる

触<small>さわ</small>る → 触<small>さわ</small>らない → 触<small>さわ</small>ら → 触<small>さわ</small>られる

作<small>つく</small>る → 作<small>つく</small>らない → 作<small>つく</small>ら → 作<small>つく</small>られる

2 第二類（一段動詞）

　　去掉動詞辭書形辭尾 "る"，再加上 "られる" 就可以了。

例如：

調<small>しら</small>べる → 調<small>しら</small>べ → 調<small>しら</small>べられる

開<small>あ</small>ける → 開<small>あ</small>け → 開<small>あ</small>けられる

忘<small>わす</small>れる → 忘<small>わす</small>れ → 忘<small>わす</small>れられる

3 第三類（カ・サ変動詞）

　　將来變成 "来<small>こ</small>られる"；將する變成 "される"

例如：

来<small>く</small>る → 来<small>こ</small>られる　　する → される　　電話<small>でんわ</small>する → 電話<small>でんわ</small>される

動詞的被動形的意思

　　表示被動。日語的被動態，一般可分為「直接被動」和「間接被動」。

① 直接被動

　　表示某人直接承受到別人的動作。被別人怎樣的人做主語，句型是「主語が／は（だれか）に～（さ）れる」。但是實行動作的人是以感情、語言為出發點時，「に」可以改用「から」；又表達社會活動等，普遍為大家知道的事（主語），這時候由於動作主體沒辦法特定，所以一般文中不顯示；又動詞用「作る（做）、書く（寫）、建てる（蓋）、発明する（發明）、設計する（設計）」等，表達社會對作品、建築等的接受方式，大多用在事實的描寫文。

② 間接被動

　　由於別人的動作，而使得身體的一部分或所有物等，間接地承受了某人的動作。接受動作的人為主語，但常被省略，實行動作的人用「に」表示。句型是「主語が／は（だれか）に（主語の所有物など）を～（さ）れる」。另外，由於天氣等自然現象的作用，而間接受到某些影響時。這時一般為自動詞。「間接被動」一般用在作為主語的人，因為發生某事態，而間接地受到麻煩或災難。中文的意思是「被…」。

秘方習題 1 ▶ **請寫出下列表中動詞的使役形**

踏<ruby>ふ</ruby>む　▶

招待<ruby>しょうたい</ruby>する　▶

壊<ruby>こわ</ruby>す　▶

使<ruby>つか</ruby>う　▶

比<ruby>くら</ruby>べる　▶

運<ruby>はこ</ruby>ぶ　▶

下<ruby>さ</ruby>げる　▶

笑<ruby>わら</ruby>う　▶

邪魔<ruby>じゃま</ruby>する　▶

叱<ruby>しか</ruby>る　▶

直<ruby>なお</ruby>す　▶

かける　▶

呼<ruby>よ</ruby>ぶ　▶

売<ruby>う</ruby>る　▶

もらう　▶

思<ruby>おも</ruby>う　▶

知<ruby>し</ruby>る　▶

待<ruby>ま</ruby>つ　▶

包<ruby>つつ</ruby>む　▶

盗<ruby>ぬす</ruby>む　▶

grammar 001

（ら）れる

1. 被…；2. 在…；3. 被…

類義表現

（さ）せる（使役）
讓…

接續方法 ▶ {[一段動詞・カ變動詞] 被動形}＋られる；{五段動詞被動形；サ變
動詞被動形さ}＋れる

1 【直接被動】表示某人直接承受到別人的動作，如例（1）、（2）。

2 【客觀說明】表示社會活動等普遍為大家知道的事，是種客觀的事實描述，
如例（3）。

3 【間接被動】由於某人的行為或天氣等自然現象的作用，而間接受到麻煩
（受害或被打擾），如例（4）、（5）。

例1 弟が犬にかまれました。

弟弟被狗咬了。

哇！弟弟被狗咬了，好痛的樣子喔！

被咬的弟弟是主語用「が」，咬人的狗是動作實施者用「に」表示。這句話沒有提到身體一部分，所以是直接被動的表現方式喔！

---

2 先生にはほめられたけれど、クラスのみんなには嫌われた。

雖然得到了老師的稱讚，卻被班上的同學討厭了。

3 試験は2月に行われます。

考試將在二月舉行。

4 電車で痴漢にお尻を触られた。

在電車上被色狼摸了臀部。

5 学校に行く途中で、雨に降られました。

去學校途中，被雨淋濕了。

特別形

特別形動詞	尊敬語	謙譲語
します	なさいます	いたします
来ます	いらっしゃいます	まいります
行きます	いらっしゃいます	まいります
います	いらっしゃいます	おります
見ます	ご覧になります	拝見します
言います	おっしゃいます	申します
寝ます	お休みになります	
死にます	お亡くなりになります	
飲みます	召し上がります	いただきます
食べます	召し上がります	いただきます
会います		お目にかかります
着ます	お召しになります	
もらいます		いただきます
聞きます		伺います
訪問します		伺います
知っています	ご存じです	存じております
〜ています	〜ていらっしゃいます	〜ております
〜てください	お〜ください	

秘方習題 2 ▸ **請選出最恰當的敬語表現**

1 先生は 手紙に 「お元気で」と （　　）。
   A　お書き　します
   B　書いて　おります
   C　お書きに　なりました
   D　ご書きに　なりました

2 ご両親は　もう　（　　）か。
   A　帰りいたして　います
   B　お帰りました
   C　お帰りして　おります
   D　お帰りに　なりました

3 先週、社長に　この　資料を　（　　）。
   A　お送り　なされました
   B　送られた
   C　お送り　しました
   D　お送りに　なりました

4 もし　よかったら、一度　ご本人に　（　　）。
   A　お目に　かかりたいのですが
   B　ご会い　したいのですが
   C　伺いたいのですが
   D　拝見したいのですが

5 先輩、お茶を　（　　）か。
   A　いただきます
   B　もらいます
   C　召し上がります
   D　お飲みいたします

grammar 002　お～になる、ご～になる

接續方法 ▶ お＋{動詞ます形}＋になる；ご＋{サ變動詞詞幹}＋になる

1 【尊敬】動詞尊敬語的形式，比「（ら）れる」的尊敬程度要高。表示對對方或話題中提到的人物的尊敬，這是為了表示敬意而抬高對方行為的表現方式，所以「お～になる」中間接的就是對方的動作，如例（1）～（3）。

2 〖ご＋サ変動詞＋になる〗當動詞為サ行變格動詞時，用「ご～になる」的形式，如例（4）、（5）。

例1　先生がお書きになった小説を読みたいです。
我想看老師所寫的小説。

聽説老師出了一本小説，如果可以，真想好好拜讀一下！

「お～になる」中間接的是老師的動作「書く」（寫），以表示對老師的尊敬。

2　ゆうべはよくお休みになれましたか。
昨天晚上您睡得好嗎？

3　先生の奥さんがお倒れになったそうです。
聽説師母病倒了。

4　部長はもうご出発になりました。
經理已經出發了。

5　65歳以上の方は、半額でご利用になれます。
超過六十五歳的人士可用半價搭乘。

grammar 003 （ら）れる

類義表現

（ら）れる
被…

接續方法 ▶ {[一段動詞・力變動詞] 被動形}＋られる；{五段動詞被動形；サ變
動詞被動形さ}＋れる

【尊敬】表示對對方或話題人物的尊敬，就是在表敬意之對象的動作用上用尊
敬助動詞。尊敬程度低於「お～になる」。

例1 もう具合はよくなられましたか。

您身體有好一些了嗎？

巡病房的護士來看
生病住院的爸爸。

「もう具合はよくなられました
か」（您身體有好一些了嗎？）
中的尊敬動詞「なられました」
來自「なりました」。

---

2 社長は明日パリへ行かれます。

社長明天將要前往巴黎。

3 何を研究されていますか。

您在做什麼研究？

4 古沢さんがこんなに料理をされるとは知りませんでした。

我不知道原來古澤小姐這麼擅長做菜。

5 金沢に来られたのは初めてですか。

您是第一次來到金澤嗎？

grammar 004 お＋名詞、ご＋名詞

您…、貴…

類義表現

お～いたす、ご～いたす

表尊敬

接續方法 ▶ お＋{名詞}；ご＋{名詞}

1【尊敬】後接名詞（跟對方有關的行為、狀態或所有物），表示尊敬、鄭重、親愛，另外，還有習慣用法等意思。基本上，名詞如果是日本原有的和語就接「お」，如「お仕事（您的工作）、お名前（您的姓名）」，如例（1）、（2）。

2〖ご＋中國漢語〗如果是中國漢語則接「ご」如「ご住所（您的住址）、ご兄弟（您的兄弟姊妹）」，如例（3）。

3〖例外〗但是接中國漢語也有例外情況，如例（4）、（5）。

例1 **息子さんのお名前を教えてください。**

請教令郎大名。

今天是第一次見到村上太太的兒子，真是好有禮貌的小孩呀！或許可以跟我女兒花子互相認識一下呢！

對了，請問令郎的「お名前」（大名）是什麼呢？「お」接在跟對方有關的事物「名前」前，表示尊敬。

---

2 お体を大切になさってください。

敬請保重玉體。

3 つまらない物ですが、ご結婚のお祝いです。

這是結婚的賀禮，只不過是一點小小的心意。

4 もうすぐお正月ですね。

馬上就要新年了。

5 お菓子を召し上がりませんか。

要不要吃一些點心呢？

grammar 005

お〜する、ご〜する

我為您（們）做…

類義表現
お〜になる、
ご〜になる
表尊敬

接續方法 ▶ お＋{動詞ます形}＋する；ご＋{サ變動詞詞幹}＋する

1【謙讓】表示動詞的謙讓形式。對要表示尊敬的人，透過降低自己或自己這一邊的人，以提高對方地位，來向對方表示尊敬，如例（1）～（3）。

2〖ご＋サ変動詞＋する〗當動詞為サ行變格動詞時，用「ご〜する」的形式，如例（4）、（5）。

例1 2、3日中に電話でお知らせします。

這兩三天之內會以電話通知您。

合作廠商展示了他們新開發的產品，看起來挺有商機的，我們內部會積極討論的，結果容我日後通知您！

以「お〜する」的謙讓形式，來降低自己，表示對對方的尊敬。

2 お手洗いをお借りしてもいいですか。

可以借用一下洗手間嗎？

3 この前お話しした件ですが、考えていただけましたか。

關於上回提到的那件事，請問您考慮得怎麼樣了？

4 それはこちらでご用意します。

那部分將由我們為您準備。

5 先生にご相談してから決めようと思います。

我打算和律師商討之後再做決定。（補充：日本的醫生、律師、教師等均能尊稱為「先生」）

grammar 006 お〜いたす、ご〜いたす

我為您（們）做…

類義表現

お〜する、ご〜する
表動詞的謙讓形式

接續方法▶ お＋{動詞ます形}＋いたす；ご＋{サ變動詞詞幹}＋いたす

1 【謙讓】這是比「お〜する」語氣上更謙和的謙讓形式。對要表示尊敬的人，透過降低自己或自己這一邊的人的說法，以提高對方地位，來向對方表示尊敬，如例（1）〜（3）。

2 〖ご＋サ変動詞＋いたす〗當動詞為サ行變格動詞時，用「ご〜いたす」的形式，如例（4）、（5）。

例1 資料は私が来週の月曜日にお届けいたします。

我下週一會將資料送達。

聽說客戶對我們公司的開發計畫感興趣，沒問題，下週一一定會把完整的資料送過去！

以謙讓的「お〜いたす」形式，來降低自己，表示對客戶的敬意。

---

2 ただいまお茶をお出しいたします。

我馬上就端茶出來。

3 順番にお呼びいたしますので、番号札を引いてお待ちください。

會按照順序依次叫號，所以請抽號碼牌等候。

4 会議室へご案内いたします。

請隨我到會議室。

5 それについては私からご説明いたしましょう。

關於那一點由我來為您説明吧。

grammar 007

〜ておく

1. 先…、暫且…；2. …著

類義表現

てある
已…了

接續方法▶ {動詞て形}＋おく

1 **【準備】** 表示為將來做準備，也就是為了以後的某一目的，事先採取某種行為，如例（1）〜（3）。

2 **【結果持續】** 表示考慮目前的情況，採取應變措施，將某種行為的結果保持下去或放置不管。「…著」的意思，如例（4）。

3 **〖口語－とく〗**「ておく」口語縮略形式為「とく」、「でおく」的縮略形式是「どく」。例如：「言っておく（話先講在前頭）」縮略為「言っとく」，如例（5）。

例1 結婚する前に料理を習っておきます。

結婚前先學會做菜。

婚前的準備動作是「料理を習っておきます」（先學會做菜）。「ておく」著重在為了準備而採取什麼行為喔！

花子年底就要結婚了！花子不會做飯，但好想親手幫老公做愛妻便當喔！

2 レストランを予約しておきます。

我會事先預約餐廳。

3 お客さんが来るから、掃除をしておこう。

有客人要來，所以先打掃吧。

4 暑いから、窓を開けておきます。

因為很熱，所以把窗戶打開著。

5 お帰り。晩ご飯の支度、やっといてあげたよ。

回來了呀。晚餐已經先幫你準備好囉。

比　較

ておく（…著；先…、暫且…）
→著重以準備為目的，而採取某行為。

てある（已…了）
→表示為了將來，而做好某事之意。著重在準備已完成的情況。

名詞＋でございます

是…

類義表現

です
表對主題的斷定、說明

接續方法▶ {名詞}＋でございます

1【斷定】「です」是「だ」的鄭重語，而「でございます」是比「です」更鄭重的表達方式。日語除了尊敬語跟謙讓語之外，還有一種叫鄭重語。鄭重語用於和長輩或不熟的對象交談時，也可用在車站、百貨公司等公共場合。相較於尊敬語用於對動作的行為者表示尊敬，鄭重語則是對聽話人表示尊敬，如例（1）～（3）。

2〖あります的鄭重表現〗除了是「です」的鄭重表達方式之外，也是「あります」的鄭重表達方式，如例（4）、（5）。

例1 こちらが、会社の事務所でございます。

這裡是公司的辦公室。

田中向客人介紹了辦公室，「でございます」（是）是田中在介紹跟自己相關的事物時，謙虛的說法。

今天有客人來公司，田中先生一路帶領客人，走到了辦公室。

---

2 高橋でございます。

敝姓高橋。

3 こんなにおいしいものを食べたのは、生まれて初めてでございます。

這是我有生以來第一次吃到那麼好吃的美食！

4 お手洗いは地下1階にございます。

洗手間位於地下一樓。

5 私にいい考えがございます。

我有個好主意。

（さ）せる

1. 讓…、叫…、令…；2. 把…給；3. 讓…、隨…、請允許…

類義表現
てもらう 幫…做…

接續方法▶ {[一段動詞・力變動詞] 使役形；サ變動詞詞幹}＋させる；{五段動詞使役形}＋せる

1 **【強制】**表示某人強迫他人做某事，由於具有強迫性，只適用於長輩對晚輩或同輩之間，如例（1）～（3）。

2 **【誘發】**表示某人用言行促使他人自然地做某種行為，常搭配「泣く（哭）、笑う（笑）、怒る（生氣）」等當事人難以控制的情緒動詞，如例（4）。

3 **【許可】**以「～させておく」形式，表示放任或允許，如例（5）。也表示婉轉地請求承認，例如「お嬢さんと結婚させてください／請讓我跟令媛結婚吧」。

例1 親が子供に部屋を掃除させた。

父母叫小孩整理房間。

過年快到了，全家總動員大掃除了。媽媽叫小孩打掃房間。

命令的人用「が」或「は」，動作實行的人用「に」表示。而他動詞的動作對象是「部屋」，用「を」表示。

2 娘がお腹を壊したので薬を飲ませた。

由於女兒鬧肚子了，所以讓她吃了藥。

3 子供にもっと勉強させるため、塾に行かせることにした。

為了讓孩子多讀一點書，我讓他去上補習班了。

4 聞いたよ。ほかの女と旅行して奥さんを泣かせたそうだね。

我聽說囉！你帶別的女人去旅行，把太太給氣哭了喔。

5 奥さんを悲しませておいて、何をいうんだ。よく謝れよ。

你讓太太那麼傷心，還講這種話！要誠心誠意向她道歉啦！

日文小祕方 3 ▸ 使役形

動詞的使役形變化

1 第一類（五段動詞）

把動詞辭書形變成 "ない" 形。然後去掉 "ない"，最後加上 "せる" 就可以了。

例如：

洗_{あら}う → 洗_{あら}わない → 洗_{あら}わ → 洗_{あら}わせる

待_まつ → 待_またない → 待_また → 待_またせる

笑_{わら}う → 笑_{わら}わない → 笑_{わら}わ → 笑_{わら}わせる

2 第二類（一段動詞）

去掉動詞辭書形辭尾 "る" 再加上 "させる" 就可以了。

例如：

浴_あびる → 浴_あび → 浴_あびさせる

入_いれる → 入_いれ → 入_いれさせる

変_かえる → 変_かえ → 変_かえさせる

3 第三類（カ・サ変動詞）

將来る變成 "来させる"；將する變成 "させる" 就可以了。

例如：

来_くる → 来_こさせる

する → させる

散歩_{さんぽ}する → 散歩_{さんぽ}させる

祕方習題 3 ▶ 請寫出下列表中動詞的使役形

読む	▶		説明する	▶
入る	▶		覚える	▶
遊ぶ	▶		集める	▶
歩く	▶		切る	▶
曲げる	▶		掃除する	▶
辞める	▶		予約する	▶
失くす	▶		考える	▶
消す	▶		貸す	▶
笑う	▶		迎える	▶
止まる	▶		捨てる	▶

～（さ）せられる

被迫…、不得已…

接續方法 ▶ {動詞使役形}＋（さ）せられる

【被迫】表示被迫。被某人或某事物強迫做某動作，且不得不做。含有不情願、感到受害的心情。這是從使役句的「ＸがＹにＮをＶ-させる」變成為「ＹがＸにＮをＶ-させられる」來的，表示Ｙ被Ｘ強迫做某動作。

例1 社長に、難しい仕事をさせられた。

社長讓我做困難的工作。

社長十分嚴格，這次竟要我在三天內，把這名簿上的一百多人都聯絡完。我的天啊！

被強迫的「私」是主語，用助詞「が」，強迫人家的社長用「に」，被強迫的內容「難しい仕事」用「を」表示。

2 公園でごみを拾わせられた。

被迫在公園撿垃圾。

3 若い二人は、両親に別れさせられた。

兩位年輕人被父母強迫分開。

4 納豆は嫌いなのに、栄養があるからと食べさせられた。

雖然他討厭納豆，但是因為有營養，所以還是讓他吃了。

5 何も悪いことをしていないのに、会社を辞めさせられた。

分明沒有犯下任何錯誤，卻被逼迫向公司辭職了。

動詞的使役被動形變化

1 第一類（五段動詞）

　　將動詞辭書形變成 "ない" 形，然後去掉 "ない"，最後加上 "せられる" 或 "される" 就可以了。（五段動詞時常把「せられる」縮短成「される」。也就是「せら (sera)」中的 (er) 去掉成為「さ (sa)」）。

例如：

会う → 会わない → 会わ → 会わせられる → 会わされる
弾く → 弾かない → 弾か → 弾かせられる → 弾かされる
帰る → 帰らない → 帰ら → 帰らせられる → 帰らされる

　　另外，サ行動詞的變化比較特別。同樣地，把動詞辭書形變成 "ない" 形，然後去掉 "ない"，最後加上 "せられる" 就可以了。

返す → 返さない → 返さ → 返させられる
話す → 話さない → 話さ → 話させられる

2 第二類（一段動詞）

　　將動詞辭書形變成 "ない" 形，然後去掉 "ない"，最後加上 "させられる" 就可以了。

例如：

疲れる → 疲れない → 疲れ → 疲れさせられる
付ける → 付けない → 付け → 付けさせられる
止める → 止めない → 止め → 止めさせられる

3 第三類（カ・サ変動詞）

　　將来る變成 "来させられる"；將する變成 "させられる" 就可
以了。

例如：

　　　　来る → 来させられる　　　　　　　する → させられる
　　　　電話する → 電話させられる

祕方習題 4 ▶ **請寫出下列表中動詞的使役被動形**

作る	▶		走る	▶	
かける	▶		なる	▶	
食べる	▶		呼ぶ	▶	
見る	▶		始める	▶	
食事する	▶		払う	▶	
届ける	▶		する	▶	
吸う	▶		閉める	▶	
驚く	▶		負ける	▶	
降りる	▶		勝つ	▶	
やめる	▶		忘れる	▶	

～ず（に）

不…地、沒…地

類義表現
ぬ
不…

接續方法▶ {動詞否定形(去ない)}＋ず（に）

1 【否定】「ず」雖是文言，但「ず（に）」現在使用得也很普遍。表示以否定的狀態或方式來做後項的動作，或產生後項的結果，語氣較生硬，具有副詞的作用，修飾後面的動詞，相當於「～ない（で）」，如例（1）～（3）。

2 〔せずに〕當動詞為サ行變格動詞時，要用「せずに」，如例（4）、（5）。

例1 切手を貼らずに手紙を出しました。

沒有貼郵票就把信寄出了。

> 終於把信寄出去了！咦？我手上怎麼還有郵票…噢不…！我忘記貼郵票就把信投進郵筒了！

> 「切手を貼る」(貼郵票)用「ず」表示否定，指在沒有貼郵票的狀況下，就「手紙を出しました」(把信寄出去了)。

2 ゆうべは疲れて何も食べずに寝ました。

昨天晚上累得什麼都沒吃就睡了。

3 今年は台風が一度も来ずに秋が来た。おかしい。

今年（夏天）連一場颱風也沒有，結果直到秋天才來，好詭異。

4 連絡せずに、仕事を休みました。

沒有聯絡就請假了。

5 太郎は勉強せずに遊んでばかりいる。

太郎不讀書都在玩。

比　較
ず（に）（不…地、沒…地）
→「ず」雖是文言，但「ずに」現在使用得也很普遍。
ぬ（不）
→是文言，常出現在俚語或慣用語中。

012 **命令形**
給我…、不要…

接續方法 ▶ （句子）＋｛動詞命令形｝＋（句子）

1【命令】表示語氣強烈的命令。一般用在命令對方的時候，由於給人有粗魯的感覺，所以大都是直接面對當事人説。一般用在對孩子、兄弟姊妹或親友時，如例（１）、（２）。

2〔教育宣導等〕也用在遇到緊急狀況、吵架、運動比賽或交通號誌等禁止的時候，如例（３）～（５）。

例1 うるさいなあ。静かにしろ。

很吵耶，安靜一點！

弟弟好不容易睡著了，不要吵啦！

命令兒子給我安靜點，「給我…」就用「する」的命令形「しろ」。

---

2 いつまで寝ているんだ。早く起きろ。

你到底要睡到什麼時候？快點起床！

3 僕のおもちゃだ、返せ。

那是我的玩具耶！還來！

4 赤組。がんばれー。

紅隊！加油！

5 （看板）スピード落とせ。

（警示牌）請減速慢行。

動詞的命令形變化

1 第一類 (五段動詞)

將動詞辭書形的詞尾，變成え段音(え、け、せ、て、ね…)假名就可以了。

例如：

送る → 送れ　　　　押す → 押せ　　　　脱ぐ → 脱げ

2 第二類 (一段動詞)

去掉動詞辭書形的詞尾る，然後加上 "ろ" 就可以了。

例如：

入れる → 入れろ
閉める → 閉めろ
変える → 変えろ

（但「くれる」例外，平常不太使用「くれろ」，而是用「くれ」。）

3 第三類 (カ・サ變動詞)

將来る變成 "来い"；する變成 "しろ" 就可以了。

例如：

来る → 来い
する → しろ
持って来る → 持って来い

秘方習題 5 ▸ **請寫出下列表中動詞的使役被動形**

あんない 案内する	▸	しんぱい 心配する	▸
うた 歌う	▸	する	▸
か 勝つ	▸	れんしゅう 練習する	▸
お 降りる	▸	つ 付ける	▸
あそ 遊ぶ	▸	ま 曲がる	▸
まわ 回す	▸	はし　　く 走って来る	▸
み 見せる	▸	と 取る	▸
おし 教える	▸	うご 動く	▸
す 捨てる	▸	かえ 返す	▸
い 入れる	▸	かぶる	▸

grammar 013 〜の（は／が／を）

的是…

類義表現

こと
形式名詞

1 【強調】以「短句＋のは」的形式表示強調，而想強調句子裡的某一部分，就放在「の」的後面，如例（1）、（2）。

2 【名詞化】{名詞修飾短語}＋の（は／が／を）。用於前接短句，使其名詞化，成為句子的主語或目的語，如例（3）～（5）。

3 〖の＝人時地因〗這裡的「の」含有人物、時間、地方、原因的意思。

例1 昨日ビールを飲んだのは花子です。

昨天喝啤酒的是花子。

昨天下班後到餐廳聚餐，大家一邊吃東西、一邊喝酒聊天。

昨天是誰喝啤酒呢？看「のは」的後面就知道了，原來是「花子」了。這句話要強調的是「花子」喔！「のは」有把兩個句子連在一起的功能。

---

2 花子がビールを飲んだのは昨日です。

花子喝啤酒是昨天的事了。

3 妻は何も言いませんが、目を見れば怒っているのが分かります。

我太太雖然什麼都沒說，可是只要看她的眼神就知道她在生氣。

4 妻が、私がほかの女と旅行に行ったのを怒っています。

我太太在生氣我和別的女人出去旅行的事。

5 ほかの女と旅行に行ったのは1回だけなのに、怒りすぎだと思います。

我只不過帶其他女人出去旅行一次而已，她氣成這樣未免太小題大作了。

～こと

類義表現
の
的…

接續方法▶{名詞の；形容動詞詞幹な；[形容詞・動詞]普通形}＋こと

1【名詞化】做各種形式名詞用法。前接名詞修飾短句，使其名詞化，成為後面的句子的主語或目的語。

2〖只用こと〗「こと」跟「の」有時可以互換。但只能用「こと」的有：表達「話す（説）、伝える（傳達）、命ずる（命令）、要求する（要求）」等動詞的內容，後接的是「です、だ、である」，固定的表達方式「ことができる」等。

例1 みんなに会えることを楽しみにしています。
很期待與大家見面。

哇！打扮得好漂亮呢！有約會嗎？原來是「みんなに会える」（能跟大家見面）。

「みんなに会えること」在這句話成為「楽しみにしています」的目的語。還有，「ことを」在有把兩個句子連在一起的功能。

2 生きることは本当に素晴らしいです。
人活著這件事真是太好了！

3 日本人には英語を話すことは難しい。
對日本人而言，開口説英文很困難。

4 言いたいことがあるなら、言えよ。
如果有話想講，就講啊！

5 会社を辞めたことを、まだ家族に話していない。
還沒有告訴家人已經向公司辭職的事。

比　較
こと →成為內容或抽象的事物用「こと」。 の →具體的行為或感覺的對象用「の」。

～ということだ

聽說…、據說…

接續方法 ▶ {簡體句} ＋ということだ

【傳聞】表示傳聞，直接引用的語感強。直接或間接的形式都可以使用，而且可以跟各種時態的動詞一起使用。一定要加上「という」。

例1 田中さんは、大学入試を受けるということだ。

聽說田中先生要考大學。

這時候要看這句話的最後面「ということだ」（聽說的啦）！

田中先生要考大學！你怎麼知道的？

2 来週から暑くなるということだから、扇風機を出しておこう。

聽說下星期會變熱，那就先把電風扇拿出來吧。

3 部長は、来年帰国するということだ。

聽說部長明年會回國。

4 来月は物価がさらに上がるということだ。

據說物價下個月會再往上漲。

5 先月聞いた話では、福田さんは入院したということでした。

依照我上個月聽到的消息，福田先生住院了。

～ていく

1. …去；；2. …起來；3. …下去

類義表現
ておく 先…、暫且…

接續方法 ▶ {動詞て形}＋いく

1【方向－由近到遠】保留「行く」的本意，也就是某動作由近而遠，從說話人的位置、時間點離開，如例（1）、（2）。

2【繼續】表示動作或狀態，越來越遠地移動，或動作的繼續、順序，多指從現在向將來，如例（3）～（4）。

3【變化】表示動作或狀態的變化，如例（5）。

例1 太郎は朝早く出て行きました。
太郎一大早就出門了。

一起床發現太郎已經不在家了，咦？他什麼時候出門的呀？

原來太郎早上有課，所以在「朝早く」（一大早），就「出て行きました」（出門了）。

---

2 電車がどんどん遠くへ離れていく。
電車漸漸遠離而去。

3 ますます技術が発展していくでしょう。
技術會愈來愈進步吧！

4 今後も、真面目に勉強していきます。
今後也會繼續用功讀書的。

5 これから、天気はどんどん暖かくなっていくでしょう。
今後天氣會漸漸回暖吧！

～てくる

1.…來；2.…起來、…過來；3.…（然後再）來…；4.…起來

接續方法▶ {動詞て形}＋くる

1【方向－由遠到近】保留「来る」的本意，也就是由遠而近，向說話人的位置、時間點靠近，如例（1）、（2）。

2【繼續】表示動作從過去到現在的變化、推移，或從過去一直繼續到現在，如例（3）、（4）。

3【去了又回】表示在其他場所做了某事之後，又回到原來的場所，如例（5）。

4【變化】表示變化的開始，例如「風が吹いてきた／颳起風了」。

例1 電車の音が聞こえてきました。
聽到電車越來越近的聲音了。

我好像聽到了「鏗鏘鏗鏘」的聲音，而且越來越近了！

因為「電車の音」（電車的聲音），「聞こえてきました」（越來越大聲），知道電車是向說話人的地方靠近了。

比　較

てくる（…來；…過來）
→向說話者的位置、時間點靠近。

ていく（…去；…過去）
→從說話者的位置、時間點離開。

---

2 大きな石がけから落ちてきた。
巨石從懸崖掉了下來。

3 この川は、町の人たちに愛されてきた。
這條河向來深受當地居民的喜愛。

4 貧乏な家に生まれて、今まで必死に生きてきた。
出生於貧困的家庭，從小到現在一直為生活而拼命奮鬥。

5 父がケーキを買ってきてくれました。
爸爸買了蛋糕回來給我。

〜てみる

試著（做）…

類義表現
てみせる 決心要…

接續方法 ▶ {動詞て形}＋みる

1【嘗試】「**みる**」是由「**見る**」延伸而來的抽象用法，常用平假名書寫。表示雖然不知道結果如何，但嘗試著做前接的事項，是一種試探性的行為或動作，一般是肯定的說法。

2〖かどうか〜てみる〗常跟「**〜か、〜かどうか**」一起使用。

例1 このおでんを食べてみてください。
請嚐看看這個關東煮。

下班後，高橋先生找同事到路邊攤喝兩杯。聽說這攤子的關東煮很好吃。

是不是真的好吃呢？高橋叫同事「食べてみてください」（請嚐嚐看）。

2 最近話題になっている本を読んでみました。
我看了最近熱門話題的書。

3 姉に、知っているかどうか聞いてみた。
我問了姊姊她到底知不知道那件事。

4 まだ無理だろうと思ったが、Ｎ４を受けてみた。
儘管心想應該還沒辦法通過，還是試著去考了日檢 N4 測驗。

5 仕事で困ったことが起こり、高崎さんに相談してみた。
工作上發生了麻煩事，找了高崎女士商量。

比　較
てみる（試著做…） →表示為了瞭解某物或某事，而試探性地實際採取某行為。 **てみせる**（決心要…） →為了讓別人理解，而做出實際的動作。

grammar 019

～てしまう

1. …完；2. …了

接續方法 ▶ {動詞て形} ＋しまう

1 【完成】表示動作或狀態的完成，常接「すっかり（全部）、全部（全部）」等副詞、數量詞。如果是動作繼續的動詞，就表示積極地實行並完成其動作，如例（１）～（３）。

2 【感慨】表示出現了說話人不願意看到的結果，含有遺憾、惋惜、後悔等語氣，這時候一般接的是無意志的動詞，如例（４）、（５）。

3 〖口語－ちゃう〗若是口語縮約形的話，「てしまう」是「ちゃう」，「でしまう」是「じゃう」。

例1 部屋はすっかり片付けてしまいました。

房間全部整理好了。

哇！真的好乾淨！「てしまう」接在「片付ける」後面，表示整理的這個動作結束了。

姊姊說今天一定要把房間整理完，我來看看狀況…。

---

2 小説は一晩で全部読んでしまった。

小説一個晚上就全看完了。

3 宿題は1時間でやってしまった。

作業一個小時就把它完成了。

4 失敗してしまって、悲しいです。

失敗了很傷心。

5 母が、まだ５８歳なのにがんで死んでしまった。

家母才五十八歲就得癌症過世了。

Practice • 2

問題一　（　）の ところに 何を 入れますか。1・2・3・4から いちばん いい ものを 一つ えらびなさい。

1 隣の 人（　　）足を 踏まれました。

　　1 や　　　　　　　2 の　　　　　　　3 で　　　　　　　4 に

2 父に アルバイト（　　）やめさせられました。

　　1 へ　　　　　　　2 を　　　　　　　3 に　　　　　　　4 で

3 台風（　　）窓が 壊れました。

　　1 に　　　　　　　2 で　　　　　　　3 と　　　　　　　4 を

4 彼女に 1時間（　　）待たされました。

　　1 も　　　　　　　2 や　　　　　　　3 しか　　　　　　4 でも

5 その 仕事は、私（　　）やらせて ください。

　　1 を　　　　　　　2 で　　　　　　　3 が　　　　　　　4 に

6 カメラなら、日本の（　　）いいと 思います。

　　1 に　　　　　　　2 を　　　　　　　3 が　　　　　　　4 で

問題二　（　）の ところに 何を 入れますか。1・2・3・4から いちばん いい ものを 一つ えらびなさい。

1 受験者は 順番に 名前を （　　）ので、この 部屋で お待ち ください。

　　1 お呼びになります　　　　　　　　2 お呼ばれます

　　3 お呼びします　　　　　　　　　　4 呼ばされます

2 お嬢さんと 結婚（　　）ください。

　　1 させられて　　　2 させて　　　3 しられて　　　4 しせて

3 長い 時間、( ) すみません。

1 お待ちして

2 お待ちさせて

3 お待たせて

4 お待たせして

4 子どもたちに 野菜を ( ) のは 大変です。

1 食べられる

2 食べる

3 食べます

4 食べさせる

5 大きな 音を 出して 赤ちゃんを ( ) て しまった。

1 驚い

2 驚かせ

3 驚き

4 驚く

6 部長は もう お ( ) に なりました。

1 かえり

2 かえる

3 かえった

4 かえって

7 公園まで ( ) いこう。

1 はしった

2 はしり

3 はしって

4 はしると

8 昨日は 友達と あの レストランに ( ) みました。

1 行き

2 行った

3 行く

4 行って

問題三 ( ) の ところに 何を 入れますか。1・2・3・4から いちばん いい ものを 一つ えらびなさい。

1 この 音楽会では、お客さんに プレゼントが ( )。

1 配ります

2 配させます

3 配されます

4 配られます

2 小林君は 田中君に ( )。

1 殴りました

2 殴られました

3 殴されました

4 殴りません

3 友達の 誕生日パーティーに ( )。

1 招待しました

2 招待させました

3 招待さられました

4 招待されました

4 どろぼうに かばんを （　　　）。
1 盗_{ぬす}みました　　　　　　　　2 盗まれました
3 盗みません　　　　　　　　　4 盗ませました

5 先生_{せんせい}は 夏休_{なつやす}みの 宿題_{しゅくだい}として 生徒_{せいと}たちに 作文_{さくぶん}を （　　　）。
1 書_かきました　　　　　　　　2 書かれました
3 書かせました　　　　　　　　4 書きせました

6 先生_{せんせい}、私_{わたし}が この 町_{まち}を ご案内_{あんない}（　　　）。
1 です　　　　　　　　　　　2 します
3 くださいます　　　　　　　4 なさいます

7 学校_{がっこう}から 帰_{かえ}るとき 雨_{あめ}に （　　　）。
1 降_ふりました　　　　　　　　2 降ります
3 降られました　　　　　　　　4 降させました

8 向_むこうから 犬_{いぬ}が 走_{はし}って （　　　）。
1 した　　　　　　　　　　　2 いきました
3 きました　　　　　　　　　4 みました

9 あんまり 親_{おや}に 心配_{しんぱい}（　　　）。
1 させたくない　　　　　　　2 られたくない
3 したくない　　　　　　　　4 しられたくない

10 学校_{がっこう}に （　　　）来_きて ください。
1 遅_{おく}れなく　　　　　　　　2 遅れずに
3 遅れない　　　　　　　　　4 遅れずで

■N4
3. 句型 (1)

日文小祕方 6 ▸ 意向形

動詞的意向形變化

1 第一類 （五段動詞）

將動詞辭書形的詞尾，變為お段音（お、こ、そ、と…）假名，然後加上 "う" 讓它變長音就可以了。

例如：

会う → 会お → 会おう

住む → 住も → 住もう

立つ → 立と → 立とう

2 第二類 （一段動詞）

去掉動詞辭書形的詞尾る，然後加上 "よう" 就可以了。

例如：

降りる → 降り → 降りよう

開ける → 開け → 開けよう

捨てる → 捨て → 捨てよう

3 第三類 （カ・サ変動詞）

將来る變成 "来よう"；將する變成 "しよう" 就可以了。

例如：

来る → 来よう

する → しよう

連れて来る → 連れて来よう

祕方習題 6 ▸ 請寫出下列表中動詞的使役被動形

思_{おも}う ▸		閉_しめる ▸	
走_{はし}る ▸		待_まつ ▸	
見_みせる ▸		泣_なく ▸	
取_とる ▸		勝_かつ ▸	
教_{おし}える ▸		終_おわる ▸	
笑_{わら}う ▸		降_おりる ▸	
考_{かんが}える ▸		吸_すう ▸	
かける ▸		忘_{わす}れる ▸	
曲_まがる ▸		見物_{けんぶつ}する ▸	
投_なげる ▸		始_{はじ}める ▸	

～（よ）うとおもう

1. 我打算…；2. 我要…；3. 我不打算…

接続方法 ▶ ｛動詞意向形｝＋（よ）うとおもう

1【意志】表示説話人告訴聽話人，説話當時自己的想法、未來的打算或意圖，比起不管實現可能性是高或低都可使用的「～たいとおもう」，「（よ）うとおもう」更具有採取某種行動的意志，且動作實現的可能性很高，如例（1）、（2）。

2〖某一段時間〗用「（よ）うとおもっている」，表示説話人在某一段時間持有的打算，如例（3）、（4）。

3〖強烈否定〗「（よ）うとはおもわない」表示強烈否定，如例（5）。

例1 お正月は北海道へスキーに行こうと思います。

年節期間打算去北海道滑雪。

過年有十天的假，有計劃要去哪裡旅行嗎？

剛訂好了機票，「北海道へスキーに行こうと思います」（打算去北海道滑雪）喔！

2 今度は彼氏と来ようと思う。

下回想和男友一起來。

3 柔道を習おうと思っている。

我想學柔道。

4 今年、Ｎ４の試験を受けようと思っていたが、やっぱり来年にする。

我原本打算今年參加日檢Ｎ４的測驗，想想還是明年再考好了。

5 動詞の活用が難しいので、これ以上日本語を勉強しようとは思いません。

動詞的活用非常困難，所以我不打算再繼續學日文了。

grammar 002

〜(よ)う

1.…吧；2.（一起）…吧！

接續方法 ▶ {動詞意向形}＋(よ)う

1【意志】表示說話者的個人意志行為，準備做某件事情，如例（1）、（2）。

2【提議】用來提議、邀請別人一起做某件事情。「ましょう」是較有禮貌的說法。如例（3）～（5）。

例1 雨が降りそうだから、早く帰ろう。

好像快下雨了，所以快點回家吧！

> 奇怪！天空怎麼這麼暗，該不會要下雨了吧？我沒有帶雨傘呢！

> 這裡是把動詞「帰る」加上意向形的「よう」，也就是詞尾把「う段改成お段，再加う」，「帰ろ＋う」，表示眼看就要下雨了，說話人準備回家這一想法。

2 今年こそ、煙草をやめよう。

今年一定要戒菸。

3 もう少しだから、頑張ろう。

只剩一點點了，一起加油吧！

4 結婚しようよ。一緒に幸せになろう。

我們結婚吧！一起過著幸福的日子！

5 久美、今度私の彼氏の友達紹介しようか。

久美，下次要不要介紹我男友的朋友給妳呢？

～つもりだ

1. 打算…、準備…；2. 不打算…；3. 不打算…；4. 並非有意要…

類義表現

（よ）う
打算…

接續方法 ▶ {動詞辭書形} ＋つもりだ

1【意志】 表示說話人的意志、預定、計畫等，也可以表示第三人稱的意志。有說話人的打算是從之前就有，且意志堅定的語氣，如例（1）、（2）。

2〔否定形〕「～ないつもりだ」為否定形，如例（3）。

3〔強烈否定形〕「～つもりはない」表「不打算…」之意，否定意味比「～ないつもりだ」還要強，如例（4）。

4〔並非有意〕「～つもりではない」表「並非有意要…」之意，如例（5）。

例1 しばらく会社を休むつもりです。

打算暫時向公司請假。

櫻子為了家庭跟工作，每天忙得不可開交，最近身體開始出狀況了，所以決定跟公司請長假好好修養。

櫻子跟老公提出了自己的想法。「つもり」（打算）前接「しばらく会社を休む」（暫時跟公司請長假）。表示櫻子事先就已經有這樣的打算，且意志還很堅強的。

2 卒業しても、日本語の勉強を続けていくつもりだ。

即使畢業了，我也打算繼續學習日文。

3 子供を生んでも、仕事はやめないつもりだ。

就算生下孩子以後，我也不打算辭職。

4 自慢するつもりはないが、7か国語話せる。

我雖然無意炫耀，但是會說七國語言。

5 殺すつもりではなかったんです。

我原本沒打算殺他。

比 較

（よ）う（要，打算）
→表示說話人，在說話的時間點，決定想進行那一行為。

つもりだ（打算）
→想進行那一行為，並不一定是在說話的時間點，而是在那之前就有的決定或計畫。

～（よ）うとする

1. 想…、打算…；2. 才…；3. 不想…、不打算…

類義表現

（よ）うとおもう
我想…、我要…

接續方法▶ {動詞意向形}＋（よ）うとする

1【意志】 表示動作主體的意志、意圖。主語不受人稱的限制。表示努力地去實行某動作，如例（1）、（2）。

2【將要】 表示某動作還在嘗試但還沒達成的狀態，或某動作實現之前，而動作或狀態馬上就要開始，如例（3）、（4）。

3〖否定形〗 否定形「（よ）うとしない」是「不想…、不打算…」的意思，不能用在第一人稱上，如例（5）。

例1 赤ん坊が歩こうとしている。

嬰兒正嘗試著走路。

小嬰兒站起來了，搖搖擺擺走著，想到媽媽那裡呢！

「（よ）うとする」表示小嬰兒，努力地要站起來走路的情況。

---

2 そのことを忘れようとしましたが、忘れられません。

我想把那件事給忘了，但卻無法忘記。

3 車を運転しようとしたら、かぎがなかった。

正想開車才發現沒有鑰匙。

4 転んですぐに立とうとしたが、痛くて立てなかった。

那時摔倒以後雖然想立刻站起來，卻痛得站不起來。

5 もう夜遅いのに、5歳の娘が寝ようとしない。

都已經夜深了，五歲的女兒卻還不肯睡覺。

grammar 005

〜ことにする

1. 決定…；2. 已決定…；3. 習慣…

類義表現

ことになる
決定…

接續方法 ▶ {動詞辭書形；動詞否定形}＋ことにする

1 【決定】表示說話人以自己的意志，主觀地對將來的行為做出某種決定、決心，如例（1）、（2）。

2 〔已經決定〕用過去式「ことにした」表示決定已經形成，大都用在跟對方報告自己決定的事，如例（3）。

3 【習慣】用「〜ことにしている」的形式，則表示因某決定，而養成了習慣或形成了規矩，如例（4）、（5）。

例1 うん、そうすることにしよう。

嗯，就這麼做吧。

最近公司讓我負責一個新案子，對於這部份我有一個新想法，所以找上司一起討論。

上司聽完後點點頭，「そうすることにしよう」（就這麼做吧）同意了我的想法。

2 あっ、ゴキブリ。……見なかったことにしよう。

啊，蟑螂！……當作沒看到算了。

3 もっと便利なところへ引っ越すことにした。

搬到了交通更方便的地方。

4 肉は食べないことにしています。

我現在都不吃肉了。

5 毎朝ジョギングすることにしています。

我習慣每天早上都要慢跑。

比 較

ことにする（決定…；習慣…）
→說話者自己決定的事情。

ことになる（表示決定…）
→說話者以外的人，決定的事情。

grammar 006

～にする

1.我要…、我叫…；2.決定…

類義表現
がする
感到…、覺得…、有…味道

接續方法▸ {名詞；副助詞} ＋にする

1【決定】 常用於購物或點餐時，決定買某樣商品，如例（1）、（2）。

2【選擇】 表示抉擇，決定、選定某事物，如例（3）～（5）。

例1 「何にする。」「私、天ぷらうどん」

「你要吃什麼？」「我要炸蝦烏龍麵。」

> 今天中午帶妹妹一起去家裡附近的烏龍麵店吃飯，有各式各樣的口味，妹妹要吃什麼呢？

> 問妹妹的時候要用「何にする。」（你要吃什麼？）來詢問，記得詢問時，尾音是上昇喔！

2 この黒いオーバーにします。

我要這件黑大衣。

3 女の子が生まれたら、名前は桜子にしよう。

如果生的是女孩，名字就叫櫻子吧！

4 今までの生活は終わりにして、新しい人生を始めようと思う。

我打算結束目前的生活，展開另一段全新的人生。

5 今は仕事が楽しいし、結婚するのはもう少ししてからにします。

我現在還在享受工作的樂趣，結婚的事等過一陣子再說吧。

お~ください、ご~ください

請…

類義表現
（さ）せてください 請讓我…

接續方法 ▶ お＋｛動詞ます形｝＋ください；ご＋｛サ變動詞詞幹｝＋ください

1 【尊敬】尊敬程度比「~てください」要高。「ください」是「くださる」的命令形「くだされ」演變而來的。用在對客人、屬下對上司的請求，表示敬意而抬高對方行為的表現方式，如例（1）~（4）。

2 〖ご＋サ変動詞＋ください〗當動詞為サ行變格動詞時，用「ご~ください」的形式，如例（5）。

3 〖無法使用〗「する（上面無接漢字，單獨使用的時候）」跟「来る」無法使用這個文法。

例1 山田様、どうぞお入りください。

山田先生，請進。

今天山田先生去看診，等號時坐在看診間外的長椅發呆。

號碼輪到山田先生了，所以護理師出來輕喚説「お入りください」（請進）。「入る」（進入）是動作，前後加上「お~ください」，以提高客人的身份，表示尊敬。

---

2 お待たせしました。どうぞお座りください。

久等了，請坐。

3 まだ準備中ですので、もう少しお待ちください。

現在還在做開店的準備工作，請再稍等一下。

4 折原さんの電話番号をご存じでしたらお教えください。

您如果知道折原先生的電話號碼麻煩告訴我。

5 こちらを全てご記入ください。

這邊請全部填寫。

～（さ）せてください

請允許…、請讓…做…

類義表現
てください
請…

接續方法 ▶ {動詞使役形；サ變動詞詞幹}＋（さ）せてください

【謙讓－請求允許】表示「我請對方允許我做前項」之意，是客氣地請求對方允許、承認的說法。用在當說話人想做某事，而那一動作一般跟對方有關的時候。

例1 **あなたの作品^{さくひん}をぜひ読^よませてください。**

請務必讓我拜讀您的作品。

佐藤老師的推理小說即將問世。報章、雜誌等媒體在出版前都有很高的評價。

佐藤老師的粉絲高橋小姐，恭敬地請求老師務必讓她拜讀大作。所以用「（さ）せてください」（請允許我…）。

---

2 それはぜひ私^{わたし}にやらせてください。

那件工作請務必交給我做！

3 お礼^{れい}を言^いわせてください。

請讓我致謝。

4 工場^{こうじょう}で働^{はたら}かせてください。

請讓我在工廠工作。

5 祭^{まつ}りを見物^{けんぶつ}させてください。

請讓我看祭典。

～という

叫做…

類義表現
という／かく／きく
說…（是）…；寫著…；聽說…

接續方法 ▶ {名詞；普通形}＋という

1【介紹名稱】前面接名詞，表示後項的人名、地名等名稱，如例（1）～（3）。

2【說明】用於針對傳聞、評價、報導、事件等內容加以描述或說明，如例（4）、（5）。

例1 今朝、半沢という人から電話がかかって来ました。
けさ　はんざわ　　　　　　ひと　　　でんわ　　　　　　　き

今天早上，有個叫半澤的人打了電話來。

今天早上你還沒進公司的時候，有位半澤先生打電話來找你喔！

「という」前接人名「半沢」（半澤），表示說話人間的是姓半澤的人。

2 最近、堺照之という俳優は人気があります。
さいきん　さかいてるゆき　　　　　　はいゆう　にんき

最近有位名叫堺照之的演員很受歡迎。

3 天野さんの生まれた町は、岩手県の久慈市というところでした。
あまの　　　　　う　　　　まち　　いわてけん　くじし

天野小姐的出身地是在岩手縣一個叫作久慈市的地方。

4 アメリカで大きな地震があったというニュースを見た。
おお　　じしん　　　　　　　　　　み

看到美國發生了大地震的新聞。

5 うちの会社は経営がうまくいっていないという噂だ。
かいしゃ　けいえい　　　　　　　　　　　　うわさ

傳出我們公司目前經營不善的流言。

010 ～はじめる
開始…

接續方法 ▶ {動詞ます形}＋はじめる

1【起點】表示前接動詞的動作、作用的開始，也就是某動作、作用很清楚地從某時刻就開始了。前面可以接他動詞，也可以接自動詞。

2〖はじめよう〗可以和表示意志的「～（よ）う／ましょう」一起使用。

例1 台風が近づいて、風が強くなり始めた。

颱風接近，風勢開始變強了。

颱風又來了，聽說今早登陸，而且還來勢洶洶的！

太郎一早出門辦事，本來還沒事。但9點多走在路上，風卻「吹きはじめた」（開始颳起來），連站都站不穩，還差點被商店的招牌砸到呢！

2 突然、彼女が泣き始めた。

她突然哭了起來。

3 みんなは子供のように元気に走り始めた。

大家像孩子般地，精神飽滿地跑了起來。

4 試験の前の晩になって、やっと勉強し始めた。

直到考試的前一晚，才總算開始讀書了。

5 このごろ、迷惑メールがたくさん来始めた。

最近開始收到了大量的垃圾郵件。

比 較
はじめる（開始…） →繼續的動作中，說話者的著眼點在開始的部分。 **かける**（…到一半） →表示動作已開始，做到一半。

～だす

…起來、開始…

接續方法 ▶ {動詞ます形}＋だす

1 【起點】表示某動作、狀態的開始。有以人的意志很難抑制其發生，也有短時間內突然、匆忙開始的意思。如例（1）～（5）。

2 〖×説話意志〗不能使用在表示説話人意志時。

例1 結婚しない人が増え出した。

不結婚的人多起來了。

因此「結婚しない人」（不結婚的人），這一狀態，「増えだした」（多起來了）。

最近日本女性進社會工作的人越來越多，相對的經濟能力也獨立了。再加上嚮往自由，不想被婚姻束縛的人也越來越多。

---

2 話はまだ半分なのに、もう笑い出した。

事情才說到一半，大家就笑起來了。

3 4月になって、桜の花が咲き出した。

時序進入四月，櫻花開始綻放了。

4 靴もはかないまま、突然走り出した。

沒穿鞋就這樣跑起來了。

5 空が急に暗くなって、雨が降り出した。

天空突然暗下來，開始下起雨來了。

比 較
だす（…起來、開始…） →繼續的動作中，說話者的著眼點在開始的部分。 **かける**（…到一半） →表示動作已開始，做到一半。

～すぎる

太…、過於…

類義表現
すぎだ 太…

接續方法▶ {[形容詞・形容動詞] 詞幹；動詞ます形}＋すぎる

1【強調程度】 表示程度超過限度，超過一般水平、過份的或因此不太好的狀態，如例（1）～（3）。

2〔否定形〕 前接「ない」，常用「なさすぎる」的形式，如例（4）。

3〔よすぎる〕 另外，前接「良い（いい／よい）（優良）」，不會用「いすぎる」，必須用「よすぎる」，如例（5）。

例1 **肉を焼きすぎました。**

肉烤過頭了。

今天是大夥一起烤肉的日子，也是我大展身手的時候！…唉呀！糟了！肉焦掉了！

肉烤得太焦用「焼きすぎました」。含有烤得過度，而令人感到不滿意的含意。

2 君ははっきり言いすぎる。

你講話太過直白。

3 体を洗いすぎるのもよくありません。

過度清潔身體也不好。

4 君は自分に自信がなさすぎるよ。

你對自己太沒信心了啦！

5 お見合いの相手は頭が良すぎて、話が全然合わなかった。

相親的對象腦筋太聰明，雙方完全沒有共通的話題。

～ことができる

1. 可能、可以；2. 能…、會…

類義表現

（ら）れる

會…；能…

接續方法 ▶ ｛動詞辭書形｝＋ことができる

1【可能性】表示在外部的狀況、規定等客觀條件允許時可能做，如例（1）～（3）。

2【能力】表示技術上、身體的能力上，是有能力做的，如例（4）、（5）。

3〔更書面語〕這種說法比「可能形」還要書面語一些。

例1 ここから、富士山をご覧になることができます。

從這裡可以看到富士山。

> 今天導遊帶著我們去看富士山，「ご覧になることができます」（可以看得到）是外部條件，在山丘上的高台，天氣放晴的客觀條件下，就有可能看得到「富士山」。

> 由於是導遊對客人說話，所以用「見る」的敬語「ご覧になる」（您看）。

---

2 屋上でサッカーをすることができます。

頂樓可以踢足球。

3 明日の午前は来ることができません。午後だったらいいです。

明天早上沒辦法過來，如果是下午就可以。

4 車は、急に止まることができない。

車子無法突然停下。

5 3回目の受験で、やっとN4に合格することができた。

第三次應考，終於通過了日檢 N4 測驗。

～(ら)れる

1. 會…、能…；3. 可能、可以

類義表現

できる
能…

接續方法 ▶ {[一段動詞・力變動詞] 可能形}＋られる；{五段動詞可能形；サ變動詞可能形さ}＋れる

1 【能力】表示可能，跟「ことができる」意思幾乎一樣。只是「可能形」比較口語。表示技術上、身體的能力上，是具有某種能力的，如例（1）～（3）。

2 〖助詞變化〗日語中，他動詞的對象用「を」表示，但是在使用可能形的句子裡「を」常會改成「が」，但「に、へ、で」等保持不變，如例（1）、（2）。

3 【可能性】從周圍的客觀環境條件來看，有可能做某事，如例（4）。

4 〖否定形－(ら)れない〗否定形是「（ら）れない」，為「不會…；不能…」的意思，如例（5）。

例1 私はタンゴが踊れます。

我會跳探戈。

「タンゴが踊れます」（會跳探戈）表示由於從小的訓練，所以具有跳探戈的技術。「踊れます」是「踊る」的能力可能形。

小時候我就對舞蹈很感興趣，所以舞蹈的練習一直都沒有中斷過。

---

2 マリさんはお箸が使えますか。

瑪麗小姐會用筷子嗎？

3 私は200メートルぐらい泳げます。

我能游兩百公尺左右。

4 誰でもお金持ちになれる。

誰都可以變成有錢人。

5 明日は、午後なら来られるけど、午前は来られない。

明天如果是下午就能來，但若是上午就沒辦法來了。

日文小祕方 7 ▸ 可能形

動詞的可能形變化

❶ 第一類（五段動詞）

將動詞辭書形的詞尾，變為え段音(え、け、せ、て、ね…)假名，然後加上 "る" 就可以了。

例如：

行<ruby>く<rt>い</rt></ruby> → 行<ruby>け<rt>い</rt></ruby> → 行<ruby>ける<rt>い</rt></ruby>

泳<ruby>ぐ<rt>およ</rt></ruby> → 泳<ruby>げ<rt>およ</rt></ruby> → 泳<ruby>げる<rt>およ</rt></ruby>

買<ruby>う<rt>か</rt></ruby> → 買<ruby>え<rt>か</rt></ruby> → 買<ruby>える<rt>か</rt></ruby>

❷ 第二類（一段動詞）

去掉動詞辭書形的詞尾る，然後加上 "られる" 就可以了。

例如：

居<ruby>る<rt>い</rt></ruby> → 居<ruby>られる<rt>い</rt></ruby>　　　　起<ruby>きる<rt>お</rt></ruby> → 起<ruby>きられる<rt>お</rt></ruby>

あげる → あげられる

補 充

省略 "ら" 的口語用法

在日語口語中，習慣將 "られる" 中的 "ら" 省略掉，變成 "れる"，這種變化稱為「ら抜き言葉」（省略ら的詞），但這是不正確的日語用法，因此在文章或正式場合中，仍普遍使用 "られる"。

例如：

食<ruby>べられる<rt>た</rt></ruby> → 食<ruby>べれる<rt>た</rt></ruby>　　　見<ruby>られる<rt>み</rt></ruby> → 見<ruby>れる<rt>み</rt></ruby>

出<ruby>られる<rt>で</rt></ruby> → 出<ruby>れる<rt>で</rt></ruby>

---

3 第三類（カ・サ変動詞）

将来る變成"来られる"；将する變成"できる"就可以了。

例如：

来る → 来られる

する → できる

紹介する → 紹介できる

祕方習題 7 ▸ **請寫出下列表中動詞的可能形**

送る	▶		楽しむ	▶	
飲む	▶		買い物する	▶	
聞く	▶		かける	▶	
換える	▶		出る	▶	
待つ	▶		会う	▶	
食事する	▶		切る	▶	
出す	▶		吸う	▶	
終わる	▶		迎える	▶	
走る	▶		借りる	▶	
休む	▶		怒る	▶	

grammar
015

〜なければならない

必須…、應該…

接續方法 ▶ {動詞否定形}＋なければならない

1【義務】表示無論是自己或對方，從社會常識或事情的性質來看，不那樣做就不合理，有義務要那樣做，如例（1）〜（3）。

2〔疑問─なければなりませんか〕表示疑問時，可使用「〜なければなりませんか」，如例（4）。

3〔口語─なきゃ〕「なければ」的口語縮約形為「なきゃ」。有時只說「なきゃ」，並將後面省略掉，如例（5）。

例1 医者になるためには国家試験に合格しなければならない。

想當醫生，就必須通過國家考試。

為了「医者になる」（要當醫生），就必須「国家試験に合格する」（通過國家考試）。

必須通過國家考試這一關，是一種規定，必須要這樣做的，所以用「なければならない」（必須）。

2 寮には夜11時までに帰らなければならない。

必須在晚上十一點以前回到宿舍才行。

3 大人は子供を守らなければならないよ。

大人應該要保護小孩呀！

4 パスポートの申請は、本人が来なければなりませんか。

請問申辦護照一定要由本人親自到場辦理嗎？

5 このDVDは明日までに返さなきゃ。

必須在明天以前歸還這個DVD。

比較

なければならない（必須…）
→表示義務或必要做前面的動作。

ざるをえない（不得不…）
→話中含有不愉快、不甘願的感情。

grammar 016

〜なくてはいけない

必須…、不…不可

接續方法 ▶ {動詞否定形(去い)}＋くてはいけない

1【義務】表示義務和責任，多用在個別的事情，或對某個人，口氣比較強硬，所以一般用在上對下，或同輩之間，口語常説「なくては」或「なくちゃ」，如例（1）、（2）。

2〔普遍想法〕表示社會上一般人普遍的想法，如例（3）、（4）。

3〔決心〕表達説話者自己的決心，如例（5）。

例1 **子供はもう寝なくてはいけません。**

這時間小孩子再不睡就不行了。

什麼！？已經半夜一點了？孩子們竟然還在打電動不睡覺。

小孩子不能這麼晚睡，所以「寝なくてはいけません」（不睡不行了）。

---

2 来週の水曜日までに家賃を払わなくては。

下週三之前非得付房租不可。

3 約束は守らなくてはいけません。

答應人家的事一定要遵守才行。

4 車を運転するときは、周りに十分気をつけなくてはいけない。

開車的時候，一定要非常小心四周的狀況才行。

5 今日中にこれを終わらせなくてはいけません。

今天以內非得完成這個不可。

〜なくてはならない

必須…、不得不…

類義表現
なくてもいい
不…也行、用不著…也可以

接続方法 ▶〔動詞否定形（去い）〕＋くてはならない

1 【義務】表示根據社會常理來看、受某種規範影響，或是有某種義務，必須去做某件事情，如例（1）～（4）。

2 〖口語ーなくちゃ〗「なくては」的口語縮約形為「なくちゃ」，有時只説「なくちゃ」，並將後面省略掉（此時難以明確指出省略的是「いけない」還是「ならない」，但意思大致相同），如例（5）。

例1 今日中に日本語の作文を書かなくてはならない。

今天一定要寫日文作文。

明天要上日作文課，今天一定要把上次出的作文寫完！

用「なくてはならない」表示由於學校的規定，所以必須做「今天要寫完日文作文」這件事。

2 明日は5時に起きなくてはならない。

明天必須五點起床。

3 宿題は自分でやらなくてはならない。

作業一定要由自己完成才行。

4 車が走れる道がないから、歩いて来なくてはならなかった。

因為沒有供車輛通行的道路，所以只能靠步行前來。

5 明日は試験だから7時に起きなくちゃ。

明天要考試，所以要七點起床才行。

grammar 018

〜のに

用於…、為了…

類義表現
ため(に)
以…為目的,做…、為了…; 因為…所以…

接續方法 ▶ {動詞辭書形}＋のに;{名詞}＋に

1【目的】是表示將前項詞組名詞化的「の」,加上助詞「に」而來的。表示目的、用途、評價及必要性,如例（1）～（4）。

2〖省略の〗後接助詞「は」時,常會省略掉「の」,如例（5）。

例1 これはレモンを搾_{しぼ}るのに便利_{べんり}です。

用這個來榨檸檬汁很方便。

店員拿出一款用具説「搾るのに」（用來榨檸檬）説明用途,後接「便利です」（方便）來説明這款道具的便利性。

每次榨檸檬都努力了半天,也只能擠出一點點,有沒有什麼推薦的用具呢?

---

2 この部屋_{へや}は静_{しず}かで勉強_{べんきょう}するのにいい。

這個房間很安靜,很適合用來讀書。

3 このナイフは、栗_{くり}をむくのに使_{つか}います。

這把刀是用來剝栗子的。

4 この小説_{しょうせつ}を書_かくのに5年_{ごねん}かかりました。

花了五年的時間寫這本小説。

5 N1_{エヌいち}に受_うかるには、努力_{どりょく}が必要_{ひつよう}だ。

想要通過日檢 N1 測驗就必須努力。

～のに

1.雖然…、可是…；2.明明…、卻…、但是…

類義表現
けれど(も)、けど
雖然、可是、但…

接續方法 ▶ {[名詞・形容動詞] な；[動詞・形容詞] 普通形}＋のに

1【逆接】表示逆接，用於後項結果違反前項的期待，含有說話者驚訝、懷疑、不滿、惋惜等語氣，如例（1）～（3）。

2【對比】表示前項和後項呈現對比的關係，如例（4）、（5）。

例1 その服、まだ着られるのに捨てるの。

那件衣服明明就還能穿，你要扔了嗎？

咦？那件衣服看起來還很好耶，為什麼要丟掉啊？

用「のに」，表示說話者對「好可惜啊…」的語氣。

2 小学 1 年生なのに、もう新聞が読める。

才小學一年級而已，就已經會看報紙了。

3 眠いのに、羊を 100 匹まで数えても眠れない。

明明很睏，但是數羊都數到一百隻了，還是睡不著。

4 お姉さんはやせているのに妹は太っている。

姊姊很瘦，但是妹妹卻很胖。

5 この店は、おいしくないのに値段は高い。

這家店明明就不好吃卻很貴。

grammar 020 〜けれど(も)、けど

雖然、可是、但…

接續方法 ▶ {[形容詞・形容動詞・動詞]普通形・丁寧形} +けれど(も)、けど

【逆接】逆接用法。表示前項和後項的意思或內容是相反的、對比的。是「が」的口語說法。「けど」語氣上會比「けれど(も)」還來的隨便。

例1 病院に行きましたけれども、悪いところは見つかりませんでした。

我去了醫院一趟，不過沒有發現異狀。

最近突然常常莫名感到胸悶、頭暈、食欲不振，於是今天去了醫院檢查。

幸好醫生說身體並無異狀，只是精神壓力大了一點。用「けれども」(雖然)表示去醫院檢查了，但沒有發現異狀。

---

2 その映画は、悲しいけれども、美しい愛の物語です。

那部電影雖然是悲劇，卻是一則淒美的愛情故事。

3 平仮名は覚えましたけれど、片仮名はまだです。

我背了平假名，但還沒有背片假名。

4 嘘のようだけれども、本当の話です。

聽起來雖然像是編造的，但卻是真實的事件。

5 買い物に行ったけど、ほしかったものはもうなかった。

我去買東西，但我想要的已經賣完了。

～てもいい

1. …也行、可以…；2. 可以…嗎

類義表現
てもかまわない 即使…也沒關係、…也行

接續方法 ▶ {動詞て形}＋もいい

1【許可】 表示許可或允許某一行為。如果説的是聽話人的行為，表示允許聽話人某一行為，如例（1）～（3）。

2【要求】 如果説話人用疑問句詢問某一行為，表示請求聽話人允許某行為，如例（4）、（5）。

例1 今日はもう帰ってもいいよ。

今天你可以回去囉！

今天田中跟屬下山中為了簡報，忙了一整天，一抬頭發現已經晚上8點了。

田中跟部屬山中説「今日はもう帰ってもいいよ。」（今天你可以回去了）。「てもいい」（可以），表示允許山中「帰る」（回去）這個動作。

---

2 この試験では、辞書を見てもいいです。

這次的考試，可以看辭典。

3 宿題が済んだら、遊んでもいいよ。

如果作業寫完了，要玩也可以喔。

4 窓を開けてもいいでしょうか。

可以打開窗戶嗎？

5 先生。お手洗いに行ってもいいですか。

老師，我可以去洗手間嗎？

～てもかまわない

即使…也沒關係、…也行

類義表現
てもけっこうだ
…也沒關係

接續方法 ▶ {[動詞・形容詞] て形}＋もかまわない；{形容動詞詞幹；名詞}＋で
もかまわない

【讓步】表示讓步關係。雖然不是最好的，或不是最滿意的，但妥協一下，這
樣也可以。比「てもいい」更客氣一些。

例1 部屋さえよければ、多少高くてもかまいません。

只要（旅館）房間好，貴一點也沒關係。

老公，這家日式溫泉旅館一個晚上要 20 萬日圓…會不會太奢華了呢？

老婆啊！只要你住起來舒服就好啦！「多少高くてもかまいません」（貴一點也沒關係）啦！對旅館的價位過高，表示妥協，用「てもかまいません」。

2 狭くてもかまわないから、安いアパートがいいです。

就算小一點也沒關係，我想找便宜的公寓。

3 このレポートは手書きでもかまいません。

這份報告用手寫也行。

4 靴のまま入ってもかまいません。

直接穿鞋進來也沒關係。

5 この仕事はあとでやってもかまいません。

待會再做這份工作也行。

～てはいけない

1. 不准…、不許…、不要…；2. 不可以…、請勿…

接続方法 ▸ {動詞て形} ＋はいけない

1【禁止】表示禁止，基於某種理由、規則，直接跟聽話人表示不能做前項事情，由於說法直接，所以一般限於用在上司對部下、長輩對晚輩，如例（1）～（4）。

2【申明禁止】是申明禁止、規制等的表現。常用在交通標誌、禁止標誌或衣服上洗滌表示等，如例（5）。

例1 ベルが鳴るまで、テストを始めてはいけません。

在鈴聲響起前不能動筆作答。

考試規定「ベルが鳴るまで」（鈴聲響前）、「テストを始める」（動筆作答）這個動作，是「てはいけません」（不允許的）。

「てはいけません」説法雖比較強勢，但由於是一種規定，所以即使面對的是「初対面の人」（第一次碰面的人），也是可以用的。

---

2 人の失敗を笑ってはいけない。

不可以嘲笑別人的失敗。

3 動物を殺してはいけない。

不可以殺害動物。

4 あんな人の言うことを信じてはいけなかった。

早知道就別相信那種人説的話了。

5 ここに駐車してはいけない。

請勿在此停車。

024 ～たことがある

1. 曾經…過；2. 曾經…

類義表現
ことがある
有時…、偶爾…

接續方法 ▶ {動詞過去式}＋たことがある

1【特別經驗】表示經歷過某個特別的事件，且事件的發生離現在已有一段時間，大多和「小さいころ、むかし、過去に、今までに」等詞前後呼應使用，如例（１）～（３）。

2【一般經驗】指過去曾經體驗過的一般經驗，如例（４）、（５）。

例1 うん、僕は UFO を見たことがあるよ。

對，我有看過UFO喔。

「UFO を見た」（看過 UFO）用「ことがある」來表示過去的經驗。

十幾年前，我還在讀小學時，有一天在回家路上，看到 UFO 從我頭上飛過喔！真的！

2 小さいころ、一度ここに来たことがある。

小時候曾經來過這裡一次。

3 名前は聞いたことがあったが、見るのは初めてだった。

雖然久聞大名，卻是第一次見到面。

4 パソコンが動かなくなったことがありますか。

你的電腦曾經當機過嗎？

5 沖縄の踊りを見たことがありますか。

你曾看過沖繩的舞蹈嗎？

～つづける

1. 連續…、繼續…；2. 持續…

類義表現

はじめる
開始…

接續方法▶{動詞ます形}＋つづける

1【繼續】表示連續做某動作，或還繼續、不斷地處於同樣的狀態，如例（1）～（3）。

2【意圖行為的開始及結束】表示持續做某動作、習慣，或某作用仍然持續的意思，如例（4）、（5）。

3〔注意時態〕現在的事情用「～つづけている」，過去的事情用「～つづけました」。

例1 朝からずっと走り続けて、疲れました。

　　從早上就一直跑，真累。

今天有好多地方要跑要趕，要先去公司開會，然後趕去寄包裹，接著趕在中午前去送便當，下午還要去拜訪客戶，然後在家人回家前趕回家煮飯。

天啊！從早就一直奔波！「走り続けて」（一直跑）真的累壞了。

2 オーロラ姫は 100 年間眠り続けました。

睡美人一直沉睡了一百年。

3 傷から血が流れ続けている。

傷口血流不止。

4 あなたこそ、僕が探し続けていた理想の女性です。

妳正是我長久以來一直在追尋的完美女人。

5 風邪が治るまで、この薬を飲み続けてください。

這個藥請持續吃到感冒痊癒為止。

比 較

つづける（連續…、繼續…）
→持續著同一狀態的動作。

ぬく（…到底）
→再怎麼困難的事，也能徹底完成。

やる
給予…、給…

接續方法▸ {名詞}＋{助詞}＋やる

【物品受益－上給下】授受物品的表達方式。表示給予同輩以下的人，或小孩、動植物有利益的事物。句型是「給予人は（が）接受人に～をやる」。這時候接受人大多為關係親密，且年齡、地位比給予人低。或接受人是動植物。

例1 応接間の花に水をやってください。

把會客室的花澆一下。

這句話省掉了給予人的主詞，而接受者是「花」用「に」，要給予的是「水」用「を」表示，由於給予的對象是「花」，所以用「やる」。

哎呀！會客室的花得澆一澆了，請秘書去澆一下好了。

2 私は子供にお菓子をやる。

我給孩子點心。

3 娘に若いころの服をやった。

把年輕時候的衣服給了女兒。

4 犬にチョコレートをやってはいけない。

不可以餵狗吃巧克力。

5 小鳥には、何をやったらいいですか。

該餵什麼給小鳥吃才好呢？

～てやる

1. 給…（做…）；2. 一定…

類義表現

てあげる
（為他人）做…

接續方法 ▶ {動詞て形}＋やる

1 【行為受益－上為下】 表示以施恩或給予利益的心情，為下級或晚輩（或動、植物）做有益的事，如例（1）～（3）。

2 【意志】 由於説話人的憤怒、憎恨或不服氣等心情，而做讓對方有些困擾的事，或説話人展現積極意志時使用，如例（4）、（5）。

例1 息子の8歳の誕生日に、自転車を買ってやるつもりです。

我打算在兒子八歲生日的時候，買一輛腳踏車送他。

我家那兒子生日快到啦！我想給他一個大驚喜！

是什麼驚喜呢？就是「自転車を買ってやる」（買腳踏車給他）！後接「つもり」是有這個打算的意思。

---

2 妹が宿題を聞きにきたので、教えてやりました。

因為妹妹來問我作業，所以就教她了。

3 浦島太郎は、いじめられていた亀を助けてやりました。

浦島太郎救了遭到欺負的烏龜。

4 こんなブラック企業、いつでも辞めてやる。

這麼黑心的企業，我隨時都可以辭職走人！

5 見ていろ。今に私が世界を動かしてやる。

你看好了！我會闖出一番主導世界潮流的大事業給你瞧瞧！

日文小祕方 8 ▶ 授受的表現

　　日語中，授受動詞是表達物品的授受，以及恩惠的授受。因為主語(給予人、接受人)的不同，所用的動詞也會不同。遇到此類題型時，一定要先弄清楚動作的方向詞，才不會混淆了喔！

授受的表現一覽

給予的人是主語	やる	給予的人＞接受的人 接受的人的地位、年紀、身分比給予的人低（特別是給予一方的親戚）、或者接受者是動植物
	さしあげる	給予的人＜接受的人 接受的人的地位、年紀、身分比給予的人高
	あげる	給予的人≧接受的人 給予的人和接受的人，地位、年紀、身分相當，或比接受的人高
	くれる	給予的人＝接受的人 接受的人是說話者（或屬說話者一方的），且給予的人和接受的人的地位、年紀、身分相當
	くださる	給予的人＞接受的人 接受的人是說話者（或屬說話者一方的），且給予的人比接受的人的地位、年紀、身分高
接受的人是主語	もらう	給予的人＝接受的人 給予的人和接受的人的地位、年紀、身分相當
	いただく	給予的人＞接受的人 給予的人的地位、年紀、身分比接受的人高

補充：親子或祖孫之間的授受表現，因關係較親密所以大多以同等地位來表現。

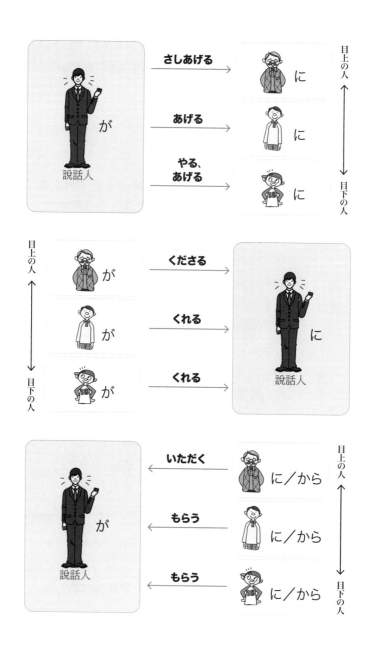

118

秘方習題 8 ▶ **請選出最恰當的授受表現**

1 先生が 駅まで 送って （　　）。

　A　あげた　　　　　　　B　もらった
　C　いただいた　　　　　D　くださった

2 父は 私を 学校まで 送って （　　）。

　A　あげた　　　　　　　B　もらった
　C　くれた　　　　　　　D　さしあげた

3 私は 洋子さん（　　） 誕生日プレゼントを あげました。

　A　を　　　　　　　　　B　が
　C　から　　　　　　　　D　に

4 わからない ところを クラスメート（　　）教えて くれました。

　A　に　　　　　　　　　B　が
　C　の　　　　　　　　　D　と

5 友人に いつもの 所で （　　）。

　A　待ったもらった　　　B　待ってもらった
　C　待ったくれた　　　　D　待ってくれた

grammar 028 あげる

給予…、給…

類義表現

さしあげる
給予…、給…

接續方法 ▶ {名詞}＋{助詞}＋あげる

【物品受益－給同輩】授受物品的表達方式。表示給予人（説話人或説話一方的親友等），給予接受人有利益的事物。句型是「給予人は（が）接受人に〜をあげます」。給予人是主語，這時候接受人跟給予人大多是地位、年齡同等的同輩。

例1 私は李さんに CD をあげた。

我送了CD給李小姐。

這句話主語的給予人是「私」，而接受人是「李さん」（李小姐），東西是「CD」。由於李小姐跟説話人是平輩，所以用「あげた」（給）。

記得李小姐跟我説過她最喜歡中島美嘉了。我就趁她生日時，送中島美嘉的新專輯給她。

---

2 私は中山君にチョコをあげた。

我給了中山同學巧克力。

3 私の名刺をあげますから、手紙をください。

給你我的名片，請寫信給我。

4 友達の誕生日に、何かプレゼントをあげるつもりだ。

我打算在朋友生日時送個生日禮物。

5 「これ、あげる。」「えーっ、いいの、ありがとう。」

「這給你。」「哇！真的可以收下嗎？謝謝！」

029 ～てあげる

（為他人）做…

接續方法 ▶ {動詞て形}＋あげる

【行為受益－為同輩】表示自己或站在一方的人，為他人做前項利益的行為。基本句型是「給予人は（が）接受人に～を動詞てあげる」。這時候接受人跟給予人大多是地位、年齡同等的同輩。是「～てやる」的客氣説法。

例1 私は夫に本を1冊買ってあげた。

我給丈夫買了一本書。

這本健康飲食的書很暢銷呢！剛好最近丈夫迷上了各種健康食療法，買本回去給他看看好了！

這句話的給予人是主詞「私」，接受人是「夫」，東西是「一冊の本」（一本書）。最後用「買ってあげた」（買給），表示給予人施加恩惠的動作。

---

2 私は友達に本を貸してあげました。

我借給了朋友一本書。

3 子供が100点を取ってきたので、ほめてあげた。

因為孩子考了一百分，所以稱讚他了。

4 花子、写真を撮ってあげましょうか。

花子，我來替妳拍張照片吧！

5 友達がハンカチをなくしたので、一緒に探してあげた。

因為朋友遺失了手帕，所以幫他一起找了找。

grammar 030

さしあげる

給予…、給…

類義表現
いただく
承蒙…、拜領…

接續方法 ▶ {名詞} + {助詞} + さしあげる

【物品受益－下給上】授受物品的表達方式。表示下面的人給上面的人物品。句型是「給予人は（が）接受人に～をさしあげる」。給予人是主語，這時候接受人的地位、年齡、身份比給予人高。是一種謙虛的說法。

例1 私は社長に資料をさしあげた。
わたし しゃちょう しりょう

我呈上資料給社長。

我花了一個星期終於整理好了公司的成本表，做好後，我親自拿給了社長。

這句話的主語是給予人「私」，接受人是「社長」，東西是「資料」，由於社長的地位、身份比「私」高，所以用「さしあげた」。

2 本田教授に退院のお祝いを差し上げた。
ほん だ きょうじゅ たいいん いわ さ あ

送禮給本田教授以恭喜他出院了。

3 退職する先輩に記念品を差し上げた。
たいしょく せんぱい き ねんひん さ あ

贈送了紀念禮物給即將離職的前輩。

4 私は毎年先生に年賀状をさしあげます。
わたし まいとしせんせい ねん が じょう

我每年都寫賀年卡給老師。

5 彼女のお父さんに何をさしあげたのですか。
かのじょ とう なに

你送了她父親什麼？

031 ～てさしあげる

（為他人）做…

接續方法 ▶ {動詞て形} ＋さしあげる

【行為受益－下為上】表示自己或站在自己一方的人，為他人做前項有益的行為。基本句型是「給予人は（が）接受人に～を動詞てさしあげる」。給予人是主語。這時候接受人的地位、年齡、身份比給予人高。是「～てあげる」更謙虛的説法。由於有將善意行為強加於人的感覺，所以直接對上面的人説話時，最好改用「お～します」，但不是直接當面説就沒關係。

例1 私は部長を空港まで送ってさしあげました。

我送部長到機場。

昨天部長出差到北京分公司。今天課長問我，是誰送部長去機場的？我就説是我。

這句話的主語是給予人「私」，接受人是「部長」，場所是「空港」。由於部長的身份、地位都比我高，所以用「送ってさしあげました」（送去）。

2 京都を案内してさしあげました。

我帶他們去參觀京都。

3 千葉教授を手伝って差し上げた。

幫了千葉教授的忙。

4 早く先輩に知らせて差し上げよう。

快點知會前輩！

5 私は先生の車を車庫に入れてさしあげました。

我幫老師把車停進了車庫。

grammar 032

くれる

給…

接續方法▶ {名詞} ＋ {助詞} ＋くれる

【物品受益－同輩】表示他人給説話人（或説話一方）物品。這時候接受人跟給予人大多是地位、年齡相當的同輩。句型是「給予人は（が）接受人に～をくれる」。給予人是主語，而接受人是説話人，或説話人一方的人（家人）。給予人也可以是晚輩。

例1 友達が私にお祝いの電報をくれた。

朋友給了我一份祝賀的電報。

主語是給予人「友達」，接受人是結婚的「私」，東西是「お祝いの電報」（賀電）。由於兩人是平輩，所以用「くれた」。

我結婚的時候，還在美國唸書的好友阿明，給了我一通賀電。真叫人高興！

---

2 兄が私に入学祝いをくれた。

哥哥送了入學賀禮給我。

3 友達が私に面白い本をくれました。

朋友給了我一本有趣的書。

4 娘が私に誕生日プレゼントをくれました。

女兒送給我生日禮物。

5 姉がくれた誕生日プレゼントは、イヤリングでした。

姐姐送給我的生日禮物是耳環。

033 〜てくれる
（為我）做…

接續方法 ▶ {動詞て形} ＋くれる

1 【行為受益－同輩】表示他人為我，或為我方的人做前項有益的事，用在帶著感謝的心情，接受別人的行為，此時接受人跟給予人大多是地位、年齡同等的同輩，如例（1）～（3）。

2 〖行為受益－晚輩〗給予人也可能是晚輩，如例（4）。

3 〖主語＝給予人；接受方＝說話人〗常用「給予人は（が）接受人に〜を動詞てくれる」之句型，此時給予人是主語，而接受人是說話人，或說話人一方的人，如例（5）。

例1 同僚がアドバイスをしてくれた。
同事給了我意見。

跟我同時進公司的小林人很親切，他常在工作上給我不錯的建議。

這句話的主語是給予人「同僚」，接受人是「私」（有時可以省略），動作是「アドバイスをする」（給建議），由於兩人之間是同輩，所以用「てくれた」。

2 田中さんが仕事を手伝ってくれました。
田中先生幫了我工作上的忙。

3 佐藤さんは仕事を1日休んで町を案内してくれました。
佐藤小姐向公司請假一天，帶我參觀了這座城鎮。

4 子供たちも、「お父さん、頑張って」と言ってくれました。
孩子們也對我說了：「爸爸，加油喔！」

5 花子は私に傘を貸してくれました。
花子借傘給我。

くださる

給…、贈…

類義表現

いただく

承蒙…、拜領…

接續方法 ▶ {名詞}＋{助詞}＋くださる

【物品受益－上給下】對上級或長輩給自己（或自己一方）東西的恭敬說法。這時候給予人的身份、地位、年齡要比接受人高。句型是「給予人は（が）接受人に～をくださる」。給予人是主語，而接受人是說話人，或說話人一方的人（家人）。

例1 先生が私に時計をくださいました。

老師送給我手錶。

出國留學前，老師送了一隻錶給我，希望我做事要掌握要領，並保握時間。

主語是給予人「先生」，接受人是「私」，東西是「時計」。由於是身份、地位高的老師，送給學生，所以用「くださいました」（送予），表示說話人（接受人）的恭敬與感謝的心情。

2 先輩は私たちに本をくださいました。

學長送書給我。

3 先生はご著書をくださいました。

老師送我他的大作。

4 部長がお見舞いに花をくださった。

部長來探望我時，還送花給我。

5 村田さんが息子に入学祝いをくださった。

村田小姐致贈了入學賀禮給小兒。

～てくださる

（為我）做…

類義表現
てあげる
（為他人）做…

grammar 035

接續方法 ▶ {動詞て形}＋くださる

1 【行為受益－上為下】是「～てくれる」的尊敬説法。 表示他人為我，或為我方的人做前項有益的事，用在帶著感謝的心情，接受別人的行為時，此時給予人的身份、地位、年齡要比接受人高，如例（1）～（4）。

2 〖主語＝給予人；接受方＝説話人〗常用「給予人は（が）接受人に（を·の…）～を動詞てくださる」之句型，此時給予人是主語，而接受人是説話人，或説話人一方的人，如例（5）。

例1 先生は、間違えたところを直してくださいました。

老師幫我修正了錯的地方。

老師人很親切又有耐心，在我錯誤的地方，總能用心地幫我修改。

主詞是給予人「先生」，接受人是「私」（可以省略），動作是「間違えたところを直す」（修改錯誤的地方）。由於老師是長輩所以用「てくださいました」。

2 先生がいい仕事を紹介してくださった。

老師介紹了一份好工作給我。

3 曽根さんが車で駅まで迎えに来てくださった。

曾根先生專程開車到車站來接我。

4 部長、その資料を貸してくださいませんか。

部長，您方便借我那份資料嗎？

5 先生が私に日本語を教えてくださいました。

老師教了我日語。

もらう

接受…、取得…、從…那兒得到…

類義表現

くれる
給…

接續方法 ▶ {名詞}＋{助詞}＋もらう

【物品受益－同輩、晚輩】表示接受別人給的東西。這是以說話人是接受人，且接受人是主語的形式，或說話人站是在接受人的角度來表現。句型是「接受人は（が）給予人に～をもらう」。這時候接受人跟給予人大多是地位、年齡相當的同輩。或給予人也可以是晚輩。

例1 私は友達に木綿の靴下をもらいました。

我收到了朋友給的棉襪。

朋友給我一雙棉質襪，日本製的耶！好棒喔！

主語「私」是接受人，也是說話人，而「友達」是給予人。東西是「木綿の靴下」（棉襪），由於是平輩，所以用「もらいました」。

2 花子は田中さんにチョコをもらった。

花子收到了田中先生給的巧克力。

3 私は次郎さんに花をもらいました。

我收到了次郎給的花。

4 息子がお嫁さんをもらいました。

我兒子娶太太了。

5 あなたは彼女に何をもらったのですか。

你從她那收到了什麼嗎？

～てもらう

（我）請（某人為我做）…

類義表現

ていただく
承蒙…

接續方法 ▶ {動詞て形}＋もらう

【行為受益－同輩、晚輩】表示請求別人做某行為，且對那一行為帶著感謝的心情。也就是接受人由於給予人的行為，而得到恩惠、利益。一般是接受人請求給予人採取某種行為的。這時候接受人跟給予人大多是地位、年齡同等的同輩。句型是「接受人は（が）給予人に（から）～を動詞てもらう」。或給予人也可以是晚輩。

例1 田中さんに日本人の友達を紹介してもらった。

我請田中小姐為我介紹日本人朋友。

田中小姐人面廣又親切，我希望能有機會多說日語，所以請他介紹幾個日本朋友。

這句話主語是接受人的「私」（有時可以省略），給予人是「田中さん」，行為是「日本人の友達を紹介する」（介紹日本朋友），由於雙方是同輩，所以用「てもらった」。

---

2 私は友達に助けてもらいました。

我請朋友幫了我的忙。

3 友達にお金を貸してもらった。

向朋友借了錢。

4 高橋さんに安いアパートを教えてもらいました。

我請高橋先生介紹我便宜的公寓。

5 お昼ご飯のとき財布を忘れて、奥村さんに払ってもらった。

吃午飯時忘記帶錢包，由奧村先生幫忙付了錢。

いただく

承蒙…、拜領…

類義表現
もらう
接受…、取得…、從…那兒得到…

接續方法 ▶ {名詞}＋{助詞}＋いただく

【物品受益－上給下】表示從地位、年齡高的人那裡得到東西。這是以說話人是接受人，且接受人是主語的形式，或說話人站在接受人的角度來表現。句型是「接受人は（が）給予人に～をいただく」。用在給予人身份、地位、年齡比接受人高的時候。比「もらう」説法更謙虛，是「もらう」的謙讓語。

例1 鈴木先生にいただいた皿が、割れてしまいました。

把鈴木老師送的盤子弄破了。

糟了！鈴木老師送的盤子被我弄破了！

送這個盤子的是助詞「に」的前面「鈴木先生」，這句話省略了主詞。由於鈴木老師是長輩，所以用謙虛的説法「いただいた」，表示對對方的尊敬。

2 お茶をいただいてもよろしいですか。

可以向您討杯茶水嗎？

3 私は先生の奥さんに絵をいただきました。

我收到了師母給的畫。

4 津田部長から缶詰セットをいただきました。

津田部長送了我罐頭禮盒。

5 浜崎さんからおいしそうなお肉をいただきました。

濱崎小姐送了我看起來非常美味的牛肉。

grammar
039

〜ていただく

承蒙…

類義表現
てさしあげる
（為他人）做…

接續方法 ▶ {動詞て形}＋いただく

【行為受益－上為下】表示接受人請求給予人做某行為，且對那一行為帶著感謝的心情。這是以說話人站在接受人的角度來表現。用在給予人身份、地位、年齡都比接受人高的時候。句型是「接受人は（が）給予人に（から）〜を動詞ていただく」。這是「〜てもらう」的自謙形式。

例1 花子は先生に推薦状を書いていただきました。

花子請老師寫了推薦函。

準備到師院教書的花子，需要老師的推薦函。所以今天回到學校請教授幫她寫推薦函。

主語是「花子」，「先生」是給予人，動作是「推薦状を書く」（寫推薦函），為了對老師的尊敬，所以用謙虛的表現方式「ていただきました」。

2 私は部長に資料を貸していただきました。

我請部長借了資料給我。

3 ぜひ来ていただきたいです。

希望您一定要來。

4 お客様に喜んでいただけると、私も嬉しいです。

能夠讓貴賓高興，我也同樣感到開心。

5 先生に説明していただいて、やっと少し理解できました。

經過老師的講解以後，終於比較懂了。

〜てほしい

1. 希望…、想…；2. 希望不要…

1 【希望】{動詞て形}＋ほしい。表示説話者希望對方能做某件事情，或是提出要求，如例（1）～（3）。

2 〔否定－ないでほしい〕{動詞否定形}＋でほしい。表示否定，為「希望（對方）不要…」，如例（4）、（5）。

例1 旅行に行くなら、お土産を買って来てほしい。

如果你要去旅行，希望你能買名產回來。

> 聽說你要出國旅行呀，如果你方便的話，我有點想嚐嚐那邊的名產呢！

> 所以「お土産を買って来てほしい。」（希望能買名產回來），讓我嚐嚐。

---

2 妻にもっと優しくしてほしい。

希望太太能更溫柔一點。

3 夫にもっと子供の世話をしてほしい。

希望丈夫能多幫忙照顧孩子。

4 怒らないでほしい。

我希望你不要生氣。

5 卒業しても、私のことを忘れないでほしい。

就算畢業了，也希望你不要忘掉我。

041 ～ば

1.如果…的話；2.假如…的話；3.假如…、如果…就…

類義表現
なら 如果…的話、要是…的話

接續方法 ▶ {[形容詞・動詞]假定形；[名詞・形容動詞]假定形}＋ば

1【一般條件】 敘述一般客觀事物的條件關係。如果前項成立，後項就一定會成立，如例（1）、（2）。

2【限制】 後接意志或期望等詞，表示後項受到某種條件的限制，如例（3）。

3【條件】 後接未實現的事物，表示條件。對特定的人或物，表示對未實現的事物，只要前項成立，後項也當然會成立。前項是焦點，敘述需要的是什麼，後項大多是被期待的事，如例（4）。

4〔諺語〕 也用在諺語的表現上，表示一般成立的關係。如例（5）。「よし」為「よい」的古語用法。

例1 雨が降れば、空気がきれいになる。
下雨的話，空氣就會變得十分清澄。

天氣好悶啊！如果下點雨的話，空氣就會清新一些吧！

「雨が降れば」（下雨的話）此句句尾為「ば」，是「如果…的話」的意思。

2 もしその話が本当ならば、大変だ。
假如你說的是真的，那就糟了！

3 時間が合えば、会いたいです。
如果時間允許，希望能見一面。

4 安ければ、買います。
便宜的話我就買。

5 （ことわざ）終わりよければ全てよし。
（俗諺）結果好就一切都好。

假定形用來表示條件，意思是「假如…的話，就會…」。假定形的變化如下：

動詞	辭書形	假定形
五段動詞	行<ruby>い</ruby>く	行<ruby>い</ruby>けば
	飲<ruby>の</ruby>む	飲<ruby>の</ruby>めば
一段動詞	食<ruby>た</ruby>べる	食<ruby>た</ruby>べれば
	受<ruby>う</ruby>ける	受<ruby>う</ruby>ければ
カ・サ變動詞	来<ruby>く</ruby>る	来<ruby>く</ruby>れば
	する	すれば

形容詞	辭書形	假定形
形容詞	白<ruby>しろ</ruby>い	白<ruby>しろ</ruby>ければ

形容動詞	辭書形	假定形
形容動詞	綺麗<ruby>きれい</ruby>だ	綺麗<ruby>きれい</ruby>なら

名詞	辭書形	假定形
名詞	学生<ruby>がくせい</ruby>だ	学生<ruby>がくせい</ruby>なら

假定形的否定形

▶ 動詞：〜ない　⇒　〜なければ
行かない → 行かなければ　　　　　　しない → しなければ
食べない → 食べなければ　　　　　　来ない → 来なければ

▶ 形容詞：〜くない　⇒　〜くなければ
白くない → 白くなければ

▶ 形容動詞及名詞：〜ではない　⇒　〜でなければ
綺麗ではない → 綺麗でなければ　　　学生ではない → 学生でなければ

～たら

1.要是…、如果要是…了、…了的話；2.…之後、…的時候

接續方法 ▶ {[名詞・形容詞・形容動詞・動詞] た形}＋ら

1 **【條件】**表示假定條件，當實現前面的情況時，後面的情況就會實現，但前項會不會成立，實際上還不知道，如例（1）～（3）。

2 **【契機】**表示確定的未來，知道前項（的將來）一定會成立，以其為契機做後項，如例（4）、（5）。

例1 いい天気だったら、富士山が見えます。

要是天氣好，就可以看到富士山。

天氣好的時候，只要站在這山坡上，就可以看到富士山喔！

「いい天気」（天氣好）後接「だったら」（要是），來表示假定條件：如果天氣好的話。

---

2 一億円があったら、マンションを買います。

要是有一億日圓的話，我就買一間公寓房子。

3 雨が降ったら、運動会は1週間延びます。

如果下雨的話，運動會將延後一週舉行。

4 20歳になったら、煙草が吸える。

到了二十歲，就能抽菸了。

5 宿題が終わったら、遊びに行ってもいいですよ。

等到功課寫完了，就可以去玩了喔。

〜たら〜た

原來…、發現…、才知道…

類義表現
たら 要是…的話

接續方法 ▶ {[名詞・形容詞・形容動詞・動詞] た形} ＋ら〜た

【確定條件】表示說話者完成前項動作後，有了新發現，或是發生了後項的事情。

例1 仕事が終わったら、もう 9 時だった。

工作做完，已經是九點了。

> 呼〜好累喔！一直埋頭做企劃，都忘記時間了，現在幾點了呢？

> 在前項「仕事が終わったら」（工作作完）後，才驚覺後項「もう 9 時だった」（已經九點了）。

2 朝起きたら、雪が降っていた。

早上起床時，發現正在下雪。

3 お風呂に入ったら、ぬるかった。

泡進浴缸後才知道水不熱。

4 家に帰ったら、妻が倒れていた。

回到家一看，太太昏倒了。

5 テレビをつけたら、臨時ニュースをやっていた。

那時一打開電視，正在播放新聞快報。

～なら

1. 如果…就…；2. …的話；3. 要是…的話

類義表現
たら
要是…、如果要是…了、…了的話

接續方法 ▸ {名詞；形容動詞詞幹；[動詞・形容詞] 辭書形} ＋なら

1 【條件】表示接受了對方所説的事情、狀態、情況後，説話人提出了意見、勸告、意志、請求等，如例（1）～（3）。

2 〖先舉例再説明〗可用於舉出一個事物列為話題，再進行説明，如例（4）。

3 〖假定條件－のなら〗以對方發話內容為前提進行發言時，常會在「なら」的前面加「の」，「の」的口語説法為「ん」，如例（5）。

例1 悪かったと思うなら、謝りなさい。

假如覺得自己做錯了，那就道歉！

你真的有在懺悔嗎？真的覺得自己有錯嗎？那麼，請你跟我道歉。

「悪かったと思うなら」（假如覺得自己做錯了）後接「～なら」表示「要是…的話」。

2 私があなたなら、きっとそうする。

假如我是你的話，一定會那樣做的！

3 そんなにおいしいなら、私も今度その店に連れていってください。

如果真有那麼好吃，下次也請帶我去那家店。

4 野球なら、あのチームが一番強い。

棒球的話，那一隊最強了。

5 そんなに痛いんなら、なんで今まで言わなかったの。

要是真的那麼痛，為什麼拖到現在才説呢？

～と

1. 一…就；2. 一…竟…

1 【條件】{[名詞・形容詞・形容動詞・動詞] 普通形（只能用在現在形及否定形）}＋と。表示陳述人和事物的一般條件關係，常用在機械的使用方法、說明路線、自然的現象及反覆的習慣等情況，此時不能使用表示說話人的意志、請求、命令、許可等語句，如例（1）～（4）。

2 〖契機〗表示指引道路。也就是以前項的事情為契機，發生了後項的事情，如例（5）。

例1 このボタンを押すと、切符が出てきます。

一按這個按鈕，票就出來了。

前面的條件為「ボタンを押す」（按按鈕）用「と」連接後句結果「切符が出てきます」（票就出來了）。

外國人不懂怎麼買車票，於是問我怎麼操作，首先放入錢，選到站金額、人數，確認後按這個按鈕票就出來囉！

---

2 家に帰ると、電気がついていました。

一回到家，就發現電燈是開著的。

3 雪が溶けると、春になる。

積雪融化以後就是春天到臨。

4 台湾に来ると、いつも夜市に行きます。

每回來到台灣，總會去逛夜市。

5 角を曲がると、すぐ彼女の家が見えた。

一過了轉角，馬上就可以看到她家了。

～まま

…著

類義表現
ず(に)
不…地、沒…地

接續方法 ▶ {名詞の；形容詞辭書形；形容動詞詞幹な；動詞た形}＋まま

【附帶狀況】表示附帶狀況，指一個動作或作用的結果，在這個狀態還持續時，進行了後項的動作，或發生後項的事態。「そのまま」表示就這樣，不要做任何改變。

例1 **靴を履いたままで入らないでください。**

請不要穿著鞋子進來。

在名古屋城本丸御殿參觀時，被工作人員提醒說入內是禁止穿鞋的喔！

穿著鞋子的狀態，就用「靴を履いた」（穿）接「まま」（…著）表示穿著鞋的狀態。

---

2 **日本では、トマトは生のまま食べることが多いです。**

在日本，通常都是生吃蕃茄。

3 **日本酒は冷たいままで飲むのが好きだ。**

我喜歡喝冰的日本清酒。

4 **新車を買った。きれいなままにしておきたいから、乗らない。**

我買了新車。因為想讓車子永遠保持閃亮亮的，所以不開出去。

5 **あとは僕がやるから、そのままでいいよ。**

剩下的由我做就行，你擺著就好。

grammar **047**

〜おわる
結束、完了、…完

類義表現
だす
…起來、開始…

接續方法 ▶ {動詞ます形}＋おわる

【終點】接在動詞ます形後面，表示事情全部做完了，或動作、作用結束了。動詞主要使用他動詞。

例1 日記(にっき)は、もう書(か)き終(お)わった。
日記已經寫好了。

把「日記」寫完，就把「終わる」接在「書く」的ます形後面，變成「書き終わった」就可以啦！

太郎今天跟表弟去奶奶家抓蟬，兩人玩得不亦樂乎！回家後便把今天的趣事寫在日記上，還畫了可愛的圖。

2 今日(きょう)やっとレポートを書(か)き終(お)わりました。
今天總算寫完了報告。

3 神田(かんだ)さんは、意見(いけん)を言(い)い終(お)わると、席(せき)に座(すわ)りました。
神田先生一發表完意見，就立刻在座位上坐了下來。

4 運動(うんどう)し終(お)わったら、道具(どうぐ)を片付(かたづ)けてください。
運動完畢後，請將道具收拾好。

5 食(た)べ終(お)わったら、「ごちそうさまでした」と言(い)いなさい。
如果吃完了，要説「我吃飽了／謝謝招待」。

Practice • 3

問題一　（　　）の　ところに　何を　入れますか。1・2・3・4から　いちばん　いい　ものを　一つ　えらびなさい。

1 会議は　始まった（　　）、山田さんは　来ない。
　　1 から　　　　　　2 ので　　　　　　3 のに　　　　　　4 て

2 鈴木さんは　熱が　ある（　　）、会社に　来ました。
　　1 から　　　　　　2 ので　　　　　　3 のに　　　　　　4 て

3 姉は　毎朝　庭の　花（　　）水を　やります。
　　1 し　　　　　　　2 で　　　　　　　3 に　　　　　　　4 が

4 この　道（　　）まっすぐ　行くと、左側に　学校が　あります。
　　1 で　　　　　　　2 へ　　　　　　　3 から　　　　　　4 を

5 山田さんは、ストーブを　つけた（　　）出かけて　しまいました。
　　1 あいだ　　　　　2 だけ　　　　　　3 ながら　　　　　4 まま

6 この　橋を　つくるの（　　）、10年　かかりました。
　　1 か　　　　　　　2 に　　　　　　　3 を　　　　　　　4 で

7 わたしは　弟（　　）自転車を　買って　やりました。
　　1 が　　　　　　　2 で　　　　　　　3 を　　　　　　　4 に

8 先生が　私に　ペン（　　）くださいました。
　　1 を　　　　　　　2 へ　　　　　　　3 に　　　　　　　4 で

9 親（　　）子どもに　お金が　わたされました。
　　1 が　　　　　　　2 に　　　　　　　3 から　　　　　　4 を

10 今年から　一人暮らしを　始めること（　　）した。
　　1 ば　　　　　　　2 が　　　　　　　3 に　　　　　　　4 へ

問題二　（　）の　ところに　何を　入れますか。1・2・3・4から　いちばん　いい　ものを　一つ　えらびなさい。

1 来週、京都に　（　）つもりです。

1 行こう　　　　2 行って　　　　3 行きます　　　4 行く

2 ご飯を　（　）とき、友だちが　訪ねて　きました。

1 食べるとした　　　　　　　　2 食べますとした
3 食べようとした　　　　　　　4 食べたとした

3 明日までに　レポートを　（　）いけません。

1 書いては　　　2 書くことが　　3 書かなくては　4 書かれては

4 ここで　たばこを　吸う（　）が　できますか。

1 こと　　　　　2 かた　　　　　3 もの　　　　　4 とき

5 テストで　80点　以上を　（　）と、合格できません。

1 とる　　　　　2 とられる　　　3 とります　　　4 とらない

6 ここで　写真を　（　）いけないと　警官が　言いました。

1 とるは　　　　2 とるには　　　3 とるなら　　　4 とっては

7 突然、雨が　（　）始めました。

1 ふった　　　　2 ふる　　　　　3 ふって　　　　4 ふり

8 棚が　（　）すぎて、手が　届きません。

1 たかい　　　　2 たかく　　　　3 たか　　　　　4 たかくて

9 テスト前なので、今日は　朝から　晩まで　（　）つづけた。

1 勉強する　　　2 勉強した　　　3 勉強し　　　　4 勉強して

10 雨が　（　）たら、試合は　中止です。

1 ふる　　　　　2 ふっ　　　　　3 ふった　　　　4 ふり

11 この スイッチを （ 　 ） と 電源が 入ります。
1 おした 　 　 　 2 おし 　 　 　 3 おして 　 　 　 4 おす

12 時計を （ 　 ） なら、日本の ものが いいですよ。
1 かった 　 　 　 2 かって 　 　 　 3 かう 　 　 　 4 かい

問題三	（ 　 ） の ところに 何を 入れますか。1・2・3・4から いちばん いい ものを 一つ えらびなさい。

1 健康の ために、たばこは あまり （ 　 ）。
1 吸う ほうが いい 　 　 　 　 　 　 2 吸いましょう
3 吸わない ほうが いい 　 　 　 　 4 吸わないでしょう

2 お酒は あまり （ 　 ）。
1 飲みます 　 　 　 2 飲めます 　 　 　 3 飲めません 　 　 　 4 飲みました

3 田中さんは 英語が （ 　 ） か。
1 ことが できます 　 　 　 　 　 2 できます
3 ものが できます 　 　 　 　 　 4 ときが あります

4 明日の 会議に 出る （ 　 ） か。
1 ものが できます 　 　 　 　 　 2 ことが できます
3 ように なります 　 　 　 　 　 4 ときが あります

5 姉は 日本語が （ 　 ）。
1 話します 　 　 　 　 　 　 　 　 2 話せます
3 話しました 　 　 　 　 　 　 　 4 話すそうです

6 すみませんが、ここでは 写真を とる （ 　 ）。
1 ことが あります 　 　 　 　 　 2 ことが できません
3 ものが あります 　 　 　 　 　 4 ものが できません

7 先生から （ 　 ） ペンを 大切に して います。
1 くれた 　 　 　 2 いただいた 　 　 　 3 あげた 　 　 　 4 さしあげた

8 ここに　お名前を　お書き（　　）。

1 さしあげます　　2 もらいます　　3 ください　　　4 くれます

9 李さんは　友だちから　アルバムを　（　　）。

1 あげました　　　　　　　　　2 もらいました

3 くれました　　　　　　　　　4 くださいました

10 山田さんは　私に　町の　案内を　して　（　　　）。

1 くれた　　　　　2 やった　　　　3 あげた　　　　4 さしあげた

11 これ　以上　もう　（　　）。聞きたく　ない。

1 言って　　　　　2 言おう　　　　3 言うな　　　　4 言った

12 部屋が　静か（　　）、勉強に　集中できない。

1 になるだから　　　　　　　　2 になるとも

3 にならないと　　　　　　　　4 になりますが

13 用事が　（　　）参加する　つもりです。

1 なるらしい　　　2 ないと　　　　3 ないまま　　　4 なければ

14 もし　雨が　（　　）、体育の　授業は　体育館で　行います。

1 降っても　　　　2 降って　　　　3 降ったけれど　　4 降ったら

15 秋に　なると　木の葉の　色が　赤や　黄色に　（　　）。

1 あります　　　　2 なります　　　3 います　　　　4 おります

16 夏休みに　なったら　どこに　（　　）。

1 行きました　　　　　　　　　2 行きますか

3 行きましたか　　　　　　　　4 行きませんか

17 もし　あの　時　（　　）試験に　合格できなかっただろう。

1 がんばったら　　　　　　　　2 がんばらなかったら

3 がんばるから　　　　　　　　4 がんばったから

18 母は 私に 洋服を （　　）。

1 あげました   2 もらいました

3 くれました   4 いらっしゃいました

19 みんなは 山田君に プレゼントを （　　）。

1 さしあげました   2 あげました

3 いただきました   4 おられました

20 ちょっと ノートを 貸して （　　）。

1 あげませんか   2 くれませんか

3 もらいませんか   4 おられませんか

21 試験に 遅れた 人は 中に （　　）。

1 入った ほうが いい   2 入っては いけません

3 入りません   4 入らない ようです

22 この 図書館の ＣＤは （　　）。

1 貸せます   2 借りさせます

3 借ります   4 借りられます

MEMO

N4
4. 句型 (2)

≫ 内容

～ても、でも

即使…也

類義表現
のに
明明…、卻…、但是…

接續方法 ▶ {形容詞く形}＋ても；{動詞て形}＋も；{名詞；形容動詞詞幹}＋でも

1【假定逆接】表示後項的成立，不受前項的約束，是一種假定逆接表現，後項常用各種意志表現的説法，如例（1）～（3）。

2〖常接副詞〗表示假定的事情時，常跟「たとえ（比如）、どんなに（無論如何）、もし（假如）、万が一（萬一）」等副詞一起使用，如例（4）、（5）。

例1 社会が厳しくても、私は頑張ります。

即使社會嚴苛我也會努力。

現在景氣這麼差，各行各業又很競爭，但就是在這樣的時代，才可以磨練出我的潛力，我一定要加油。

即使在前項「社会が厳しい」（社會很嚴苛）這樣的社會條件下，後項還是會成立「私はがんばります」（我還是會努力的）。

---

2 子供でも、暴力はいけないことくらい分かるはずだ。

即便是小孩子，應該也懂得不可以動手打人這種簡單的道理才對。

3 雨が降ってもやりが降っても、必ず行く。

哪怕是下雨還是下刀子，我都一定會去！

4 たとえ失敗しても後悔はしません。

即使失敗也不後悔。

5 どんなに父が反対しても、彼と結婚します。

無論父親如何反對，我還是要和他結婚。

疑問詞＋ても、でも

1. 不管（誰、什麼、哪兒）…；2. 無論…

類義表現

疑問詞＋も＋否定

…也（不）…

接續方法 ▶ {疑問詞}＋{形容詞く形}＋ても；{疑問詞}＋{動詞て形}＋も；{疑問詞}＋{名詞；形容動詞詞幹}＋でも

1 【不論】前面接疑問詞，表示不論什麼場合、什麼條件，都要進行後項，或是都會產生後項的結果，如例（1）～（3）。

2 【全部都是】表示全面肯定或否定，也就是沒有例外，全部都是，如例（4）、（5）。

例1 どんなに怖くても、ぜったい泣かない。

再怎麼害怕也絕不哭。

每次晚上走這條暗巷，就叫人害怕。但是哭了的話，就會引起歹徒的邪念！所以不能哭！唱首歌來壯膽好了！

用「ても」表示，不管疑問詞「どんなに」的後面，「怖い」（可怕）的程度有多高，都要進行後面的動作「ぜったい泣かない」（絕對不哭）。

---

2 いくら忙しくても、必ず運動します。

我不管再怎麼忙，一定要做運動。

3 いくつになっても、勉強し続けます。

不管活到幾歲，我都會不斷地學習。

4 来週の水曜日なら何時でも OK です。

如果是下星期三，任何時段都 OK。

5 日本人なら誰でも、この人が誰か知っている。

只要是日本人，任何人都知道這個人是誰。

～だろう

…吧

類義表現
（だろう）とおもう
（我）想…、（我）認為…

接續方法▶{名詞；形容動詞詞幹；[形容詞・動詞]普通形}＋だろう

1 **【推斷】**使用降調，表示説話人對未來或不確定事物的推測，且説話人對自己的推測有相當大的把握，如例（1）、（2）。

2 **〖常接副詞〗**常跟副詞「たぶん（大概）、きっと（一定）」等一起使用，如例（3）、（4）。

3 **〖女性－でしょう〗**口語時女性多用「でしょう」，如例（5）。

例1 みんなもうずいぶんお酒を飲んでいるだろう。

大家都已經喝了不少酒吧？

今天是公司尾牙，大家都開心的一杯接一杯，這樣看下來，大家應該喝不少了吧？

為了表示説話人的推測，「飲んでいる」（喝）後接「だろう」（…吧）表示推測，但有相當的把握。

2 彼以外は、みんな来るだろう。

除了他以外，大家都會來吧！

3 試合はきっと面白いだろう。

比賽一定很有趣吧！

4 たぶん、今話しかけると邪魔だろう。

我猜，現在找他説話大概會打擾到他吧。

5 明日は青空が広がるでしょう。

明天應該是晴空萬里吧。

grammar 004

～（だろう）とおもう

（我）想…、（我）認為…

類義表現
とおもう
覺得…、認為…、我想…

接續方法 ▶ {[名詞・形容詞・形容動詞・動詞]普通形}＋（だろう）とおもう
【推斷】意思幾乎跟「だろう（…吧）」相同，不同的是「とおもう」比「だろう」更清楚地講出推測的內容，只不過是説話人主觀的判斷，或個人的見解。而「だろうとおもう」由於説法比較婉轉，所以讓人感到比較鄭重。

例1 彼は独身だろうと思います。

我猜想他是單身。

「だろうと思います」表示説話人個人根據前面敘述的條件，推測「彼は独身だ」（他是單身漢）。

那個帥哥總是一個人，也沒看他有戴結婚戒指。好像單身耶！

2 男に生まれていたらどんなに良かっただろうと思っている。

我一直在想，假如自己生為男兒身，不知道該有多好。

3 その様子から、彼は私のことが嫌いなんだろうと思った。

我原本認為從他的態度來看，他應該討厭我吧。

4 今晩、台風が来るだろうと思います。

今晚會有颱風吧！

5 山の上では、星がたくさん見えるだろうと思います。

我想山上應該可以看到很多星星吧！

～とおもう

覺得…、認為…、我想…、我記得…

類義表現
とおもっている 表一直抱持的想法、感受

接續方法 ▶ {[名詞・形容詞・形容動詞・動詞] 普通形}＋とおもう

【推斷】表示說話者有這樣的想法、感受及意見，是自己依照情況而做出的
預測、推想。「とおもう」只能用在第一人稱。前面接名詞或形容動詞時要加
上「だ」。

例1 お金を好きなのは悪くないと思います。

我認為愛錢並沒有什麼不對。

> 雖然大家都說不要總是向「錢」
> 看齊，但凡事都要錢，而且有
> 錢世界才會更寬廣的啊！

> 「と思う」表示說話者
> 的主觀想法（愛錢並沒
> 有什麼不對）。

2 吉村先生の授業は、面白いと思います。

我覺得吉村老師的課很有趣。

3 自分には日本語の通訳になるのは無理だと思う。

我覺得自己沒有能力成為日語口譯員。

4 自分だけは交通事故を起こしたりしないと思っていた。

我原本以為自己無論如何都不可能遇上交通事故。

5 吉田さんは若く見えると思います。

我覺得吉田小姐看起來很年輕。

～といい

1. 要是…該多好；2. 要是…就好了

類義表現

てもいい
…也行、可以…

接續方法▶ {名詞だ；[形容詞・形容動詞・動詞] 辭書形} ＋といい

1【願望】 表示說話人希望成為那樣之意。句尾出現「けど、のに、が」時，含有這願望或許難以實現等不安的心情，如例（1）～（3）。

2〖近似たらいい等〗 意思近似於「～たらいい（要是…就好了）、～ばいい（要是…就好了）」，如例（4）、（5）。

例1 女房はもっとやさしいといいんだけど。

我老婆要是能再溫柔一點就好了。

我每次只要在外面跟朋友喝酒回來老婆就沒有好臉色看，啊～真希望老婆能再溫柔一點！

用「～といい」表示先生希望「老婆更溫柔」的這個願望。又看到後面有「けど」知道，強勢的老婆要變溫柔，這願望恐怕很難實現啦！

2 夫の給料がもっと多いといいのに。

真希望我先生的薪水能多一些呀！

3 彼はもう少し真面目だといいんだが。

假如他能再認真一點，不知道該有多好。

4 日曜日、いい天気だといいですね。

星期天天氣要能晴朗就好啦！

5 ああ、今度の試験でＮ４に合格するといいなあ。

唉，要是這次能通過日檢 N4 測驗就好了。

～かもしれない

也許…、可能…

類義表現
はずだ （按理說）應該…；怪不得…

接續方法▶ {名詞；形容動詞詞幹；[形容詞・動詞]普通形}＋かもしれない

【推斷】表示説話人説話當時的一種不確切的推測。推測某事物的正確性雖低，但是有可能的。肯定跟否定都可以用。跟「～かもしれない」相比，「～と思います」、「～だろう」的説話者，對自己推測都有較大的把握。其順序是：と思います＞だろう＞かもしれない。

例1 風が強いですね、台風かもしれませんね。

風真大，也許是颱風吧！

好強的風喔！最近風雨好像都挺大的！所以也許是因為颱風吧！

説話人看到風勢很強，但在還沒有得到確實的根據前，判斷「台風かもしれませんね」（可能是颱風喔）！

2 こんな時間に電話するのは、迷惑かもしれない。

在這種時段致電，説不定會打擾到對方。

3 夫は、私のことが嫌いなのかもしれません。

我先生説不定已經嫌棄我了。

4 すぐ手術していたら、死なずに済んだかもしれなかった。

假如那時立刻動手術，説不定就不會死了。

5 もしかしたら、1億円当たるかもしれない。

或許會中一億日圓。

grammar 008 ～はずだ

1.（按理說）應該…；2. 怪不得…

類義表現
わけだ
因為…

接續方法 ▶ {名詞の；形容動詞詞幹な；[形容詞・動詞] 普通形}＋はずだ

1【推斷】表示説話人根據事實、理論或自己擁有的知識來推測出結果，是主觀色彩強，較有把握的推斷，如例（1）～（3）。

2【理解】表示説話人對原本不可理解的事物，在得知其充分的理由後，而感到信服，如例（4）、（5）。

例1 高橋さんは必ず来ると言っていたから、来るはずだ。

高橋先生説他會來，就應該會來。

跟高橋先生約一點，現在都一點半了，怎麼還沒來呢？櫻子説，他一定會來的啦！

根據高橋先生昨天説「必ず来る」（一定會來）的確認事實，所以他人雖然還沒來，櫻子還是確信他「来るはずだ」（應該會來的）。

比 較
はずだ（應該…；怪不得…） →著重在推斷的結論的必然性。 わけだ（因為） →著重在説明前提的理由和根據。

2 金曜日の3時ですか。大丈夫なはずです。

星期五的三點嗎？應該沒問題。

3 アリさんはイスラム教徒だから、豚肉は食べないはずだ。

因為阿里先生是伊斯蘭教徒，所以應該不吃豬肉。

4 彼は弁護士だったのか。道理で法律に詳しいはずだ。

他是律師啊。怪不得很懂法律。

5 今日は月曜日だったのか。美術館が休みのはずだ。

原來今天是星期一啊！難怪美術館沒有開放。

〜はずがない

不可能…、不會…、沒有…的道理

に違いない
一定…

接續方法 ▶ {名詞の；形容動詞詞幹な；[形容詞・動詞] 普通形}＋はずが（は）ない

1【推斷】表示說話人根據事實、理論或自己擁有的知識，來推論某一事物不可能實現。是主觀色彩強，較有把握的推斷，如例（1）～（4）。

2『口語－はずない』用「はずない」，是較口語的用法，如例（5）。

例1 人形の髪が伸びるはずがない。
娃娃的頭髮不可能變長。

根據說話人自己擁有的知識知道，「人形の髪」是塑膠做的，又不是怪談，所以「伸びるはずがない」（不可能長長的）。

什麼？你竟然相信那個娃娃半夜會長頭髮的故事！我才不相信呢！

2 うちの子が、頭が悪いはずがない。
我家的孩子絕不可能不聰明！

3 そんなところに行って安全なはずがなかった。
去那種地方絕不可能安全的！

4 ここから東京タワーが見えるはずがない。
從這裡不可能看得見東京鐵塔。

5 花子が知らないはずない。
花子不可能不知道。

～ようだ

1. 像…一樣的、如…似的；2. 好像…

類義表現
みたいだ
好像…

1 【比喩】{名詞の；動詞辭書形；動詞た形}＋ようだ。把事物的狀態、形狀、性質及動作狀態，比喻成一個不同的其他事物，如例（1）～（3）。

2 【推斷】{名詞の；形容動詞詞幹な；[形容詞・動詞]普通形}＋ようだ。用在説話人從各種情況，來推測人或事物是後項的情況，通常是説話人主觀、根據不足的推測，如例（4）、（5）。

3 〔活用同形容動詞〕「ようだ」的活用跟形容動詞一樣。

例1 まるで盆と正月が一緒に来たような騒ぎでした。

簡直像中元和過年兜在一起過一樣雙喜臨門，大夥盡情地喧鬧。

啊呀！怎麼這麼熱鬧！原來是有好事發生，而且還是雙喜臨門，難怪大家這麼高興在慶祝。

這句是日本諺語，是指雙喜臨門，或非常忙碌的意思。「まるで盆と正月が一緒に来た」（就像中元和過年一起過）接「ような」（像…一樣的）來形容比喻狀況。

---

2 ここから見ると、家も車もおもちゃのようです。

從這裡看下去，房子和車子都好像玩具一樣。

3 白雪姫は、肌が雪のように白く、美しかった。

白雪公主的肌膚像雪一樣白皙，非常美麗。

4 公務員になるのは、難しいようです。

要成為公務員好像很難。

5 後藤さんは、お肉がお好きなようだった。

聽説後藤先生早前喜歡吃肉。

～そうだ
聽説…、據説…

類義表現
ということだ …就是…

接續方法 ▶ {[名詞・形容詞・形容動詞・動詞] 普通形}＋そうだ

1【傳聞】表示傳聞。表示不是自己直接獲得的，而是從別人那裡、報章雜誌或信上等處得到該信息，如例（1）。

2〖消息來源〗表示信息來源的時候，常用「～によると」（根據）或「～の話では」（説是…）等形式，如例（2）～（5）。

3〖女性－そうよ〗説話人為女性時，有時會用「そうよ」，如例（5）。

例1 友達の話によると、もう一つ飛行場ができるそうだ。
聽朋友説，要蓋另一座機場。

那一大片地最近在施工，是要蓋什麼呢？新大樓？體育館？

喔～結果從朋友那裡聽説，「飛行場ができるそうだ」（聽説要蓋飛機場），表示訊息來源是從朋友那裡得到的。

比　較

そうだ（聽説…、據説…）
→雖然表示傳聞，但不能前接動詞意向形跟命令形。

ということだ（…就是…）
→可以直接表現出情報的內容，所以前面可以接動詞意向形跟命令形。

2 おばあちゃんの話では、おじいちゃんは、若いころはハンサムだったそうだ。
聽説奶奶説，爺爺年輕時很英俊。

3 新聞によると、今度の台風はとても大きいそうだ。
報上説這次的颱風會很強大。

4 ここは昔、5万人もの人が住んでいたそうだ。
據説這地方從前住了多達五萬人。

5 彼の話では、桜子さんは離婚したそうよ。
聽他説櫻子小姐離婚了。

~やすい

容易…、好…

類義表現
にくい
不容易…、難…

接續方法▶〔動詞ます形〕＋やすい

1 【強調程度】表示該行為、動作很容易做，該事情很容易發生，或容易發生某種變化，亦或是性質上很容易有那樣的傾向，與「～にくい」相對，如例（1）～（4）。

2 〔變化跟い形容詞同〕「やすい」的活用變化跟「い形容詞」一樣，如例（5）。

例1 木綿の下着は洗いやすい。

棉質內衣容易清洗。

> 愛子上街買了一套棉質內衣。店員跟他說，棉質內衣穿起來舒服、吸汗又好洗。

> 要説「洗う」這個動作很容易做，就用「やすい」（容易…）這個句型。

2 岩手は涼しくて過ごしやすかった。

那時岩手縣氣候涼爽，住起來舒適宜人。

3 季節の変わり目は風邪をひきやすい。

每逢季節交替的時候，就很容易感冒。

4 このレストランはおいしいし、場所が便利で来やすい。

這家餐廳不但餐點好吃，而且又位在交通便捷的地方，很容易到達。

5 兄が宿題を分かりやすく教えてくれました。

哥哥用簡單明瞭的方法教了我習題。

～にくい

不容易…、難…

接續方法 ▶ {動詞ます形}＋にくい

【強調程度】表示該行為、動作不容易做，該事情不容易發生，或不容易發生某種變化，亦或是性質上很不容易有那樣的傾向。「にくい」的活用跟「い形容詞」一樣。與「～やすい（容易…、好…）」相對。

例1 このコンピューターは、使いにくいです。

這台電腦很不好用。

這台電腦已經用了快 7 年了。不僅容量小、速度慢，更過份的是，每次在趕稿子就當機！老闆真小氣，都不幫我換台新的。

表示「使う」這個動作很困難，就用「にくい」（很難）。

2 倒れにくい建物を作りました。

建造了一棟不易倒塌的建築物。

---

3 一度ついた習慣は、変えにくいですね。

一旦養成習慣就很難改了呢！

---

4 この魚、おいしいけれど食べにくかった。

這種魚雖然美味，但是吃起來很麻煩。

---

5 上司が年下だと、仕事しにくくないですか。

如果主管的年紀比我們小，在工作上不會不方便嗎？

比　較
にくい（不容易…、難…） →雖然很難，但想做的話還是可以做得到的。 **がたい**（難以…） →即使想做，也很難做得到。

～と～と、どちら

grammar 014

在…與…中，哪個…

類義表現
のなかで／のうちで／で、
～がいちばん
…中，哪個最…、…中，誰最…

接續方法 ▶ {名詞}＋と＋{名詞}＋と、どちら（のほう）が

【比較】表示從兩個裡面選一個。也就是詢問兩個人或兩件事，哪一個適合後項。在疑問句中，比較兩個人或兩件事，用「どちら」。東西、人物及場所等都可以用「どちら」。

例1 着物（きもの）とドレスと、どちらのほうが素敵（すてき）ですか。

和服與洋裝，哪一種比較漂亮？

櫻子準備要去參加宴會。櫻子問小愛，穿「着物」還是「ドレス」好呢？

這個句型，兩個被選者的用「と」表示。至於兩個當中哪個好呢？用「どちら」來詢問。

2 哲也君（てつやくん）と健介君（けんすけくん）と、どちらがかっこいいと思（おも）いますか。

哲也和健介，你覺得哪一個比較帥？

3 紅茶（こうちゃ）とコーヒーと、どちらがよろしいですか。

紅茶和咖啡，您要哪個？

4 工業（こうぎょう）と商業（しょうぎょう）と、どちらのほうが盛（さか）んですか。

工業與商業，哪一種比較興盛？

5 お父（とう）さんとお母（かあ）さん、どっちの方（ほう）が好（す）き。

爸爸和媽媽，你比較喜歡哪一位？

〜ほど〜ない

不像…那麼…、沒那麼…

類義表現
くらい（ぐらい）／ほど
〜はない
沒有什麼…比…、沒有…像
…那麼…、沒有…比…的了

接續方法 ▶ {名詞；動詞普通形}＋ほど〜ない

【比較】表示兩者比較之下，前者沒有達到後者那種程度。這個句型是以後者為基準，進行比較的。

例1 大きい船は、小さい船ほど揺れない。

大船不像小船那麼會搖。

要坐到對岸的話，可以選擇坐大船或小船，怕暈船的我，當然選擇坐大船啦！

以「ほど」前的「小さい船」為基準，表示前者的「大きい船」沒有小船搖晃的程度那麼厲害。後面記得是否定形喔！

---

2 日本の夏はタイの夏ほど暑くないです。

日本的夏天不像泰國那麼熱。

3 私は、妹ほど母に似ていない。

我不像妹妹那麼像媽媽。

4 映画は、期待したほど面白くなかった。

電影不如我預期的那麼有趣。

5 テストは、予想したほど難しくなかった。

考試沒有我原本以為的那麼難。

～なくてもいい

不…也行、用不著…也可以

類義表現
てもいい
…也行、可以…

接續方法 ▶ {動詞否定形(去い)}＋くてもいい

1 **【許可】** 表示允許不必做某一行為，也就是沒有必要，或沒有義務做前面的動作，如例（1）、（2）。

2 〖×なくてもいかった〗要注意的是「なくてもいかった」或「なくてもいければ」是錯誤用法，正確是「なくてもよかった」或「なくてもよければ」，如例（3）、（4）。

3 〖文言－なくともよい〗較文言的表達方式為「～なくともよい」，如例（5）。

例1 暖かいから、暖房をつけなくてもいいです。

很溫暖，所以不開暖氣也無所謂。

這幾天由於寒流來襲，所以幾乎天天都要開暖氣。

但是，今天突然豔陽高照，整個房間暖烘烘的，所以「暖房をつける」（開暖氣）這個動作，可以「なくてもいい」（用不著了）。

2 レポートは今日出さなくてもいいですか。

今天可以不用交報告嗎？

3 こんなにつまらないなら、来なくてもよかった。

早知道那麼無聊就不來了。

4 もし働かなくてもよければ、どんなにいいだろう。

假如不必工作也無所謂，不知道該有多好。

5 忙しい人は出席しなくともよい。

忙碌的人不出席亦無妨。

grammar 017

〜なくてもかまわない

不…也行、用不著…也沒關係

類義表現
なくてはいけない 必須…

接續方法 ▶ {動詞否定形（去い）}＋くてもかまわない

1 【許可】表示沒有必要做前面的動作，不做也沒關係，是「なくてもいい」的客氣説法。如例（1）～（3）。

2 〖＝大丈夫等〗「かまわない」也可以換成「大丈夫（沒關係）、問題ない（沒問題）」等表示「沒關係」的表現，如例（4）、（5）。

例1 明るいから、電灯をつけなくてもかまわない。

還很亮，不開電燈也沒關係。

今天天氣很好，櫻子坐在窗邊看書。但是媽媽看到就問説，會不會太暗了，要不要打開燈啊？

用「なくてもかまわない」（用不著…也沒關係），表示可以不做前面作「電灯をつける」（打開燈）的動作。因為外面光線很亮啦！

---

2 あなたは行かなくてもかまいません。

你不去也行。

3 彼を愛していたから、彼が私を愛していなくてもかまわなかった。

原本以為只要我愛他，就算他不愛我也沒關係。

4 あと 15 分ありますから、急がなくても大丈夫ですよ。

時間還有十五分鐘，不必趕著去也沒關係喔。

5 都会に住んでいると、車の運転ができなくても問題ありません。

若是住在城市裡，就算不會開車也沒有問題。

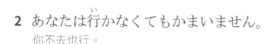

～なさい

要…、請…

接續方法 ▶ {動詞ます形}＋なさい

【命令】表示命令或指示。一般用在上級對下級，父母對小孩，老師對學生的情況。比起命令形，此句型稍微含有禮貌性，語氣也較緩和。由於這是用在擁有權力或支配能力的人，對下面的人說話的情況，使用的場合是有限的。

例1 規則を守りなさい。
要遵守規定。

> 這是擁有執法權力的交通女警，對違規駕駛員說的情況。

> 你超速了喔！這裡時速是限制 50 公里的！這個「規則」，「守りなさい」（要遵守）啦！

2 早く寝なさい。
快點睡覺！

3 しっかり勉強しなさいよ。
要好好用功讀書喔！

4 生徒たちを、教室に集めなさい。
叫學生到教室集合。

5 選択肢1から4の中から、いちばんいいものを選びなさい。
請從選項一到四之中，挑出最適合的答案。

〜ため (に)

1. 以…為目的，做…、為了…；2. 因為…所以…

1 【目的】{名詞の；動詞辭書形}＋ため（に）。表示為了某一目的，而有後面積極努力的動作、行為，前項是後項的目標，如果「ため（に）」前接人物或團體，就表示為其做有益的事，如例（1）～（3）。

2 【理由】{名詞の；[動詞・形容詞] 普通形；形容動詞詞幹な }＋ため（に）。表示由於前項的原因，引起後項不尋常的結果，如例（4）、（5）。

例1 私は、彼女のためなら何でもできます。

只要是為了她，我什麼都辦得到。

我非常愛我的老婆，雖然我現在很窮，但為了她的幸福，我會拼命賺錢，給她無憂無慮的生活！

是什麼讓說話人這麼有幹勁呢？原來是「彼女のため」（為了她）啊！真是個疼老婆的好男人！

2 世界を知るために、たくさん旅行をした。

為了了解世界，到各地去旅行。

3 日本に留学するため、一生懸命日本語を勉強しています。

為了去日本留學而正在拚命學日語。

4 台風のために、波が高くなっている。

由於颱風來襲，海浪愈來愈高。

5 指が痛いため、ピアノが弾けない。

因為手指疼痛而無法彈琴。

比 較

ため（に）（以…為目的）
→後項可接好的或不好的結果，說話者不含痛恨等語氣。

せいで（由於…）
→後接不好的結果，說話者對前項含有不滿、痛恨的語氣。

grammar 020

～そう

好像…、似乎…

接續方法 ▶ {[形容詞・形容動詞] 詞幹；動詞ます形} ＋そう

1 【樣態】表示說話人根據親身的見聞，如周遭的狀況或事物的外觀，而下的一種判斷，如例（1）～（3）。

2 〖よさそう〗形容詞「よい」、「ない」接「そう」，會變成「よさそう」、「なさそう」，如例（4）。

3 〖女性－そうね〗會話中，當說話人為女性時，有時會用「そうね」，如例（5）。

例1 このラーメンはおいしそうだ。

這拉麵似乎很好吃。

櫻子跟田中在路邊攤吃拉麵，熱騰騰的拉麵看起來好吃的樣子。

由於兩人都還沒吃到拉麵，但根據自己看到的，感覺很好吃的樣子，這時候就在「おいしい」後面加上「そうだ」，表示自己的判斷。要注意的是，「おいしい」的「い」要去掉喔！

---

2 大変そうだね。手伝おうか。

　你一個人忙不過來吧？要不要我幫忙？

3 妹は、お母さんに叱られて、泣きそうな顔をしていました。

　妹妹遭到媽媽的責罵，露出了一副快要哭出來的表情。

4 「これでどうかな。」「よさそうだね。」

　「你覺得這樣好不好呢？」「看起來不錯啊。」

5 どうしたの。気分が悪そうね。

　怎麼了？你看起來好像不太舒服耶？

～がする

感到…、覺得…、有…味道

接續方法 ▶ {名詞}＋がする

【樣態】前面接「かおり（香味）、におい（氣味）、味（味道）、音（聲音）、感じ（感覺）、気（感覺）、吐き気（噁心感）」等表示氣味、味道、聲音、感覺等名詞，表示説話人通過感官感受到的感覺或知覺。

例1 **このうちは、畳の匂いがします。**

這屋子散發著榻榻米的味道。

「がする」前面接你走進房間聞到的「畳の匂い」（榻榻米味）喔！

哇！日式榻榻米耶！走進和式房間，撲鼻而來榻榻米的香味。

---

2 **今朝から頭痛がします。**

今天早上頭就開始痛。

3 **外で大きい音がしました。**

外頭傳來了巨大的聲響。

4 **彼女の目は温かい感じがします。**

她的眼神讓人感覺充滿關懷。

5 **あの人はどこかであったことがあるような気がします。**

我覺得好像曾在哪裡見過那個人。

～ことがある

1. 有時…、偶爾…；2. 有過…但沒有過…

類義表現

ことができる
能…、會…

接續方法 ▶ {動詞辭書形；動詞否定形} ＋ことがある

1【不定】表示有時或偶爾發生某事，如例（1）。

2【經驗】「～ことはあるが、～ことはない」為「有過…，但沒有過…」的意思，通常內容為談話者本身經驗，如例（2）。

3〖常搭頻度副詞〗常搭配「ときどき（有時）、たまに（偶爾）」等表示頻度的副詞一起使用，如例（3）、（4）。

例1 友人とお酒を飲みに行くことがあります。

偶爾會跟朋友一起去喝酒。

田中工作一直都很忙，所以跟好友見面小酌一番的機會，大約一個月一次左右吧！

表示頻度不高就用「ことがあります」（偶而），記得前面要接辭書形喔！

2 僕は酒を飲むことはあるが、飲み過ぎることはない。

我雖會喝酒，但是從來沒有喝過量。

3 たまに自転車で通勤することがあります。

有時會騎腳踏車上班。

4 私は時々、帰りにおじの家に行くことがある。

回家途中我有時會去伯父家。

～ことになる

1.（被）決定…；3. 規定…；4. 也就是說…

接續方法 ▶ {動詞辭書形；動詞否定形}＋ことになる

1【決定】表示決定。指說話人以外的人、團體或組織等，客觀地做出了某些安排或決定，如例（1）、（2）。

2〔婉轉宣布〕用於婉轉宣布自己決定的事，如例（3）。

3【約束】以「～ことになっている」的形式，表示人們的行為會受法律、約定、紀律及生活慣例等約束，如例（4）。

4【換句話說】指針對事情，換一種不同的角度或說法，來探討事情的真意或本質，如例（5）。

例1 駅にエスカレーターをつけることになりました。

車站決定設置自動手扶梯。

郊外的某個電車站，決定要裝自動手扶梯了。

看到「ことになりました」（決定），知道這是由 JR 日本國鐵等做的決定囉！

---

2 来月新竹に出張することになった。

下個月要去新竹出差。

---

3 6月に結婚することになりました。

已經決定將於六月結婚了。

---

4 子供はお酒を飲んではいけないことになっています。

依現行規定，孩童不得喝酒。

---

5 異性と食事に行くというのは、付き合っていることになるのでしょうか。

跟異性一起去吃飯，就表示兩人在交往嗎？

～かどうか

是否…、…與否

類義表現
か〜か
…或是…

接續方法 ▶ {名詞；形容動詞詞幹；[形容詞・動詞] 普通形} ＋かどうか

【不確定】表示從相反的兩種情況或事物之中選擇其一。「～かどうか」前面的部分是不知是否屬實。

例1 これでいいかどうか、教えてください。

請告訴我這樣是否可行。

由於不知道是否可行，所以請對方指點，「これでいいかどうか」（這樣是否可行）。

準備了好久的產品開發案，不知道在市場上可不可行，有沒有考慮不周的地方。

2 あの二人が兄弟かどうか分かりません。

我不知道那兩個人是不是兄弟。

3 あちらの部屋が静かかどうか見てきます。

我去瞧瞧那裡的房間是否安靜。

4 明日晴れるかどうか、天気予報はなんて言ってた。

氣象預報對明天是不是晴天，是怎麼說的？

5 お金が集まるかどうか、やってみないと分からない。

不試試看就不知道能不能籌得到錢。

～ように

1.請…、希望…；2.為了…；3.以便…、為了…

類義表現
のに
為了…、用於…

接續方法 ▸ {動詞辭書形；動詞否定形}＋ように

1【祈求】表示祈求、願望、希望、勸告或輕微的命令等。有希望成為某狀態，或希望發生某事態，向神明祈求時，常用「動詞ます形＋ますように」，如例（1）、（2）。

2〔提醒〕用在老師提醒學生時，如例（3）。

3【目的】表示為了實現「ように」前的某目的，而採取後面的行動或手段，以便達到目的，如例（4）、（5）。

例1 どうか試験に合格しますように。

請神明保佑讓我考上！

小孩今年參加私立國中入學考試，於是全家來到神社前參拜，希望神明能保佑孩子考運亨通。

神啊！「ように」（請保佑），「試驗に合格する」（能考上），後面省略了「お願いします」（請）等。「どうか」相當於「どうぞ」（請）。

---

2 世界が平和になりますように。

祈求世界和平。

---

3 月曜日までに作文を書いてくるように。

記得在星期一之前要把作文寫完交來。

---

4 忘れないように手帳にメモしておこう。

為了怕忘記，事先記在筆記本上。

---

5 熱が下がるように、注射を打ってもらった。

為了退燒，我請醫生替我打針。

～ようにする

1. 爭取做到…；2. 設法使…；3. 使其…

類義表現

ようになる
（變得）…了

接續方法 ▶ {動詞辭書形；動詞否定形} ＋ようにする

1【意志】 表示說話人自己將前項的行為、狀況當作目標而努力，或是說話人建議聽話人採取某動作、行為時，如例（1）、（2）。

2【習慣】 如果要表示下決心想把某行為變成習慣，則用「ようにしている」的形式，如例（3）、（4）。

3【目的】 表示對某人或事物，施予某動作，使其起作用，如例（5）。

例1 これから毎日野菜を取るようにします。

我從現在開始每天都要吃蔬菜。

因為身體不舒服去去了醫院一趟，結果被醫生告知説太胖了，要多攝取蔬果纖維質。

所以「毎日野菜を取る」（每天吃蔬菜）這件事，設法去做就用「ようにします」來努力達成目標。

---

2 人の悪口を言わないようにしましょう。

努力做到不去説別人的壞話吧！

3 朝早く起きるようにしています。

我習慣早起。

4 エレベーターには乗らないで、階段を使うようにしている。

現在都不搭電梯，而改走樓梯。

5 ソファーを移動して、寝ながらテレビを見られるようにした。

把沙發搬開，以便躺下來也能看到電視了。

～ようになる

（變得）…了

類義表現
ように
以便…、為了…；請…、希望…

接續方法▶ {動詞辭書形；動詞可能形} ＋ようになる

【變化】表示是能力、狀態、行為的變化。大都含有花費時間，使成為習慣或能力。動詞「なる」表示狀態的改變。

例1 練習して、この曲はだいたい弾けるようになった。

練習後，這首曲子大致會彈了。

> 這首曲子剛拿到譜的時候覺得很難，但經過一個多月的練習後，已經熟練許多了。

> 「ようになった」（變得…了），表示「この曲はだいたい弾ける」（這首曲子大致會彈了）的這個變化，是我花費了時間，練習會的。

2 私は毎朝牛乳を飲むようになった。

我每天早上都會喝牛奶了。

3 心配しなくても、そのうちできるようになるよ。

不必擔心，再過一些時候就會了呀。

4 うちの娘は、このごろ箸を上手に持てるようになってきた。

我女兒最近已經很會用筷子了。

5 注意したら、文句を言わないようになった。

警告他後，他現在不再抱怨了。

〜ところだ

剛要…、正要…

<table>
<tr><td>類義表現</td></tr>
<tr><td>たばかり</td></tr>
<tr><td>剛…</td></tr>
</table>

接續方法 ▶ {動詞辭書形}＋ところだ

1【將要】表示將要進行某動作，也就是動作、變化處於開始之前的階段。

2〖用在意圖行為〗不用在預料階段，而是用在有意圖的行為，或很清楚某變化的情況。

例1 これから、校長先生が話をするところです。

接下來是校長致詞時間。

今天是畢業典禮，首先由校長説幾句話。

校長一上台，現在正準備説話，也就是開始之前的階段，就用「ところだ」（剛要）。

2 今から寝るところだ。

現在正要就寢。

3 いま、田中さんに電話をかけるところです。

現在正要打電話給田中小姐。

4 「早く宿題をしなさい」「今、やるところだよ」

「快點寫作業！」「現在正要寫啦！」

5 「ちょっと、いいですか」「何、もう帰るところなんだけど」

「可以耽擱一下你的時間嗎？」「什麼事？我正準備回家説……」

比較

ところだ（剛要…、正要…）
→動作、變化處於開始之前的階段。

たばかり（剛…）
→動作或行為，剛剛結束的階段。

grammar
029

〜ているところだ

正在…、…的時候

類義表現
ところだ
剛要…、正要

接續方法▶｛動詞て形｝＋いるところだ

1 **【時點】**表示正在進行某動作，也就是動作、變化處於正在進行的階段，如例（1）～（4）。

2 〖連接句子〗如為連接前後兩句子，則可用「〜ているところに〜」，如例（5）。

例1 日本語の発音を直してもらっているところです。

正在請人幫我矯正日語發音。

我的日文發音一直都很不理想，所以我找了我的日文老師幫忙。

現在老師正在矯正我的發音，表示動作正在進行就用「ているところだ」（正在）。

2 今、試験の準備をしているところです。

現在正在準備考試。

3 社長は今奥の部屋で銀行の人と会っているところです。

總經理目前正在裡面的房間和銀行人員會談。

4 家に帰ると、ちょうど父が弟を叱っているところだった。

回到家時，爸爸正在罵弟弟。

5 お風呂に入っているところに電話がかかってきた。

我在洗澡時電話響起。

～たところだ

剛…

類義表現
（よ）うとする 打算…

接續方法 ▶ {動詞た形}＋ところだ

1 **【時點】** 表示剛開始做動作沒多久，也就是在「…之後不久」的階段，如例（1）～（4）。

2 **〖發生後不久〗** 跟「～たばかりだ」比較，「～たところだ」強調開始做某事的階段，但「～たばかりだ」則是一種從心理上感覺到事情發生後不久的語感，如例（5）。

例1 テレビを見始めたところなのに、電話が鳴った。

才剛看電視沒多久，電話就響了。

看電視這個動作進行不久，這個動作就用「動詞た形＋ところだ」（剛看…）。

今天晚上電視會播放我期待已久的日劇！但才剛開始沒多久，討人厭的電話就響了起來…。

2 もしもし。ああ、今、駅に着いたところだ。

喂？喔，我現在剛到車站。

3 赤ちゃんが寝たところなので、静かにしてください。

小寶寶才剛睡著，請安靜一點。

4 お客さんが帰ったところに、また別のお客さんが来た。

前一個客人才剛走，下一個客人又來了。

5 食べたばかりだけど、おなかが減っている。

雖然才剛剛吃過飯，肚子卻餓了。

～たところ

結果…、果然…

類義表現

たら～た（確定條件）
原來…、發現…、才知道…

接續方法 ▶ {動詞た形}＋ところ

【結果】順接用法。表示完成前項動作後，偶然得到後面的結果、消息，含有說話者覺得訝異的語感。或是後項出現了預期中的好結果。前項和後項之間沒有絕對的因果關係。

例1 先生に聞いたところ、先生も知らないそうだ。

請教了老師，結果老師似乎也不曉得。

這一題數學題目竟無人能解，連老師也不知道，太神奇了。

動詞た形加「ところ」，表示完成前項動作後（請教老師），偶然得到某個結果（老師也不曉得）！

2 交番に行ったところ、財布は届いていた。

去到派出所時，錢包已經被送到那裡了。

3 学校から帰ったところ、うちにお客さんが来ていた。

從學校回到家時，家裡有客人來訪。

4 初めてお抹茶を飲んでみたところ、すごく苦かった。

第一次嘗試喝抹茶，結果苦得要命。

5 パソコンを開いたところ、昔の友人からメールが来ていた。

一打開電腦，就收到了以前的朋友寄來的電子郵件。

～について（は）、につき、についても、についての

類義表現

にかんして
關於…

1. 有關…、就…、關於…；2. 由於…

接續方法 ▶ {名詞}＋について（は）、につき、についても、についての

1【對象】 表示前項先提出一個話題，後項就針對這個話題進行說明，如例（1）～（4）。

2【原因】 要注意的是「～につき」也有「由於…」的意思，可以根據前後文來判斷意思，如例（5）。

例1 江戸時代の商人についての物語を書きました。

撰寫了一個有關江戶時期商人的故事。

> 「について」前面通常接名詞（江戶時期的商人），後面以這個名詞為主題進行說明（撰寫了故事）。

> 這位偉大的作者，這次新書撰寫了「關於江戶時期商人」的故事，我相信這會是一部非常有深度，而且經典的作品。

---

2 私は、日本酒については詳しいです。

我對日本酒知之甚詳。

3 中国の文学について勉強しています。

我在學中國文學。

4 あの会社のサービスは、使用料金についても明確なので、安心して利用できます。

那家公司的服務使用費標示也很明確，因此可以放心使用。

5 好評につき、発売期間を延長いたします。

由於產品廣受好評，因此將販售期限往後延長。

Practice・4

問題一 （　）の　ところに　何を　入れますか。1・2・3・4から　いちばん　いい　ものを　一つ　えらびなさい。

1 私は　どこ（　）寝られます。
　　1 ごろ　　　　　　2 へも　　　　　　3 でも　　　　　　4 まで

2 兄は　私（　）英語が　上手です。
　　1 から　　　　　　2 と　　　　　　　3 より　　　　　　4 ほど

3 私（　）兄の　ほうが　英語が　上手です。
　　1 より　　　　　　2 ほど　　　　　　3 から　　　　　　4 ばかり

4 私は　兄（　）英語が　上手では　ありません。
　　1 ほど　　　　　　2 より　　　　　　3 から　　　　　　4 と

5 明日は　日曜日な（　）、学校は　休みです。
　　1 から　　　　　　2 ので　　　　　　3 て　　　　　　　4 たら

6 山田さんは　どんな　スポーツ（　）できます。
　　1 ので　　　　　　2 を　　　　　　　3 が　　　　　　　4 でも

7 白い　車は　黒い　車（　）高く　ない。
　　1 でも　　　　　　2 ばかり　　　　　3 しか　　　　　　4 ほど

8 この　ジュースは　へんな　におい（　）します。
　　1 を　　　　　　　2 で　　　　　　　3 か　　　　　　　4 が

9 今まで　5回　行った（　）が　あります。
　　1 だけ　　　　　　2 しか　　　　　　3 まで　　　　　　4 こと

10 あの　人は　来る（　）どうか　わかりません。
　　1 が　　　　　　　2 か　　　　　　　3 は　　　　　　　4 と

　　（　　）の ところに 何を 入れますか。1・2・3・4から いちばん いい ものを 一つ えらびなさい。

1 雨が （　　）も 山に 登りますか。
　　1 ふれ　　　　　2 ふって　　　　　3 ふる　　　　　4 ふた

2 たぶん 今晩 山田さんが （　　）だろう。
　　1 来き　　　　　2 来て　　　　　3 来る　　　　　4 来ると

3 6時の 電車に （　　）ように、早く 起きました。
　　1 間に 合う　　　　　　　　　　2 間に 合わない
　　3 間に 合って　　　　　　　　　4 間に 合ったら

4 一生懸命 練習して、少し （　　）ように なりました。
　　1 泳ぐ　　　　　2 泳ぐこと　　　3 泳がる　　　4 泳げる

5 この 木は 去年より （　　）なりました。
　　1 大きいく　　　2 大きいと　　　3 大きいな　　　4 大きく

6 この テレビは （　　）ないと 思います。
　　1 高い　　　　　2 高いな　　　　3 高くに　　　　4 高く

7 日本人は （　　）と 思います。
　　1 親切の　　　　2 親切な　　　　3 親切だ　　　　4 親切です

8 漢字の （　　）かたを 教えて ください。
　　1 かく　　　　　2 かいて　　　　3 かき　　　　　4 かい

9 まあ、（　　）そうな 料理ですね。
　　1 おいしい　　　2 おいしくて　　3 おいし　　　　4 おいしいだ

10 この 本は 専門用語が 多いから、（　　）にくいです。
　　1 よむ　　　　　2 よんだ　　　　3 よみ　　　　　4 よんで

11 明日、台風が くる そうだ。大雨が （　　　） かもしれない。

1 降った　　　　　2 降る　　　　　　3 降らないで　　4 降らない

12 学校に （　　　） ように、急いで 歩きましょう。

1 遅れないで　　　2 遅れた　　　　　3 遅れる　　　　4 遅れない

問題三　（　　）の ところに 何を 入れますか。1・2・3・4から いちばん いい ものを 一つ えらびなさい。

1 日本語を 勉強する （　　　）、留学します。

1 ように　　　　　2 ために　　　　　3 までに　　　　4 と

2 兄は まるで アメリカ人（　　　） 英語が 上手です。

1 のほど　　　　　2 のように　　　　3 のために　　　4 ので

3 まだ 夏休みなので、学校に （　　　）。

1 行かなくては いけません

2 行かなくても いいです

3 行っても いいです

4 行っては いけませんでしょう

4 食事の 前には 手を （　　　）。

1 洗わないで ください　　　　　　　2 洗っても いい

3 洗いなさい　　　　　　　　　　　　4 洗うな

5 早く 準備（　　　）。もう 出発時間だよ。

1 するな　　　　　2 する　　　　　　3 せず　　　　　4 しろ

6 この 薬は ご飯を 食べたあとで （　　　）。

1 飲みまさい　　　2 飲めます　　　　3 飲めなさい　　4 飲みなさい

7 電話に 誰も でない。山田くんは まだ 帰って （　　　）。

1 います　　　　　　　　　　　　　　2 いますらしい

3 いないらしい　　　　　　　　　　　4 いないでした

8 トマトが 300円、バナナが 500円ですから、合計で 800円の（　　　）。
1 はずだ　　　　　　　　　　　　2 ままだ
3 ためだ　　　　　　　　　　　　4 はずがないだ

9 この 歌は （　　　）ですね。
1 うたやすい　　　　　　　　　　2 うたいやすい
3 うたうやすい　　　　　　　　　4 うたえやすい

10 最近、たくさんの 人が スポーツを する（　　　）。
1 ことに なりました　　　　　　2 のに なりました
3 ように なりました　　　　　　4 そうに なりました

11 今から 会議が （　　　）ところなんです。
1 始まっている　　2 始まった　　　3 始まる　　　　4 始まって

12 父は 今 会社から 帰って きた（　　　）です。
1 ところ　　　　　　2 こと　　　　　　3 とき　　　　　　4 ほど

MEMO

N4
TEST

JLPT

《新制對應手冊》

一、什麼是新日本語能力試驗呢？

1. 新制「日語能力測驗」
2. 認證基準
3. 測驗科目
4. 測驗成績

二、新日本語能力試驗的考試內容

N4　題型分析

＊以上內容摘譯自「國際交流基金
日本國際教育支援協會」的「新
しい『日本語能力試驗』ガイド
ブック」。

一、什麼是新日本語能力試驗呢

1. 新制「日語能力測驗」

從2010年起實施的新制「日語能力測驗」（以下簡稱為新制測驗）。

1－1　實施對象與目的

　　新制測驗與舊制測驗相同，原則上，實施對象為非以日語作為母語者。其目的在於，為廣泛階層的學習與使用日語者舉行測驗，以及認證其日語能力。

1－2　改制的重點

改制的重點有以下四項：

1　測驗解決各種問題所需的語言溝通能力

　　新制測驗重視的是結合日語的相關知識，以及實際活用的日語能力。因此，擬針對以下兩項舉行測驗：一是文字、語彙、文法這三項語言知識；二是活用這些語言知識解決各種溝通問題的能力。

2　由四個級數增為五個級數

　　新制測驗由舊制測驗的四個級數（1級、2級、3級、4級），增加為五個級數（N1、N2、N3、N4、N5）。新制測驗與舊制測驗的級數對照，如下所示。最大的不同是在舊制測驗的2級與3級之間，新增了N3級數。

N1	難易度比舊制測驗的1級稍難。合格基準與舊制測驗幾乎相同。
N2	難易度與舊制測驗的2級幾乎相同。
N3	難易度介於舊制測驗的2級與3級之間。（新增）
N4	難易度與舊制測驗的3級幾乎相同。
N5	難易度與舊制測驗的4級幾乎相同。

＊「N」代表「Nihongo（日語）」以及「New（新的）」。

3　施行「得分等化」

　　由於在不同時期實施的測驗，其試題均不相同，無論如何慎重出題，每次測驗的難易度總會有或多或少的差異。因此在新制測驗中，導入「等化」的計分方式後，便能將不同時期的測驗分數，於共同量尺上相互比較。因此，無論是在什麼時候接受測驗，只要是相同級數的測驗，其得分均可予以比較。目前全球幾種主要的語言測驗，均廣泛採用這種「得分等化」的計分方式。

4 提供「日本語能力試驗Can-do自我評量表」（簡稱JLPT Can-do）

為了瞭解通過各級數測驗者的實際日語能力，新制測驗經過調查後，提供「日本語能力試驗Can-do自我評量表」。該表列載通過測驗認證者的實際日語能力範例。希望通過測驗認證者本人以及其他人，皆可藉由該表格，更加具體明瞭測驗成績代表的意義。

1-3 所謂「解決各種問題所需的語言溝通能力」

我們在生活中會面對各式各樣的「問題」。例如，「看著地圖前往目的地」或是「讀著說明書使用電器用品」等等。種種問題有時需要語言的協助，有時候不需要。

為了順利完成需要語言協助的問題，我們必須具備「語言知識」，例如文字、發音、語彙的相關知識、組合語詞成為文章段落的文法知識、判斷串連文句的順序以便清楚說明的知識等等。此外，亦須能配合當前的問題，擁有實際運用自己所具備的語言知識的能力。

舉個例子，我們來想一想關於「聽了氣象預報以後，得知東京明天的天氣」這個課題。想要「知道東京明天的天氣」，必須具備以下的知識：「晴れ（晴天）、くもり（陰天）、雨（雨天）」等代表天氣的語彙；「東京は明日は晴れでしょう（東京明日應是晴天）」的文句結構；還有，也要知道氣象預報的播報順序等。除此以外，尚須能從播報的各地氣象中，分辨出哪一則是東京的天氣。

如上所述的「運用包含文字、語彙、文法的語言知識做語言溝通，進而具備解決各種問題所需的語言溝通能力」，在新制測驗中稱為「解決各種問題所需的語言溝通能力」。

新制測驗將「解決各種問題所需的語言溝通能力」分成以下「語言知識」、「讀解」、「聽解」等三個項目做測驗。

語言知識	各種問題所需之日語的文字、語彙、文法的相關知識。
讀　解	運用語言知識以理解文字內容，具備解決各種問題所需的能力。
聽　解	運用語言知識以理解口語內容，具備解決各種問題所需的能力。

作答方式與舊制測驗相同，將多重選項的答案劃記於答案卡上。此外，並沒有直接測驗口語或書寫能力的科目。

2. 認證基準

　　新制測驗共分為N1、N2、N3、N4、N5五個級數。最容易的級數為N5，最困難的級數為N1。

　　與舊制測驗最大的不同，在於由四個級數增加為五個級數。以往有許多通過３級認證者常抱怨「遲遲無法取得２級認證」。為因應這種情況，於舊制測驗的２級與３級之間，新增了N3級數。

　　新制測驗級數的認證基準，如表1的「讀」與「聽」的語言動作所示。該表雖未明載，但應試者也必須具備為表現各語言動作所需的語言知識。

　　N4與N5主要是測驗應試者在教室習得的基礎日語的理解程度；N1與N2是測驗應試者於現實生活的廣泛情境下，對日語理解程度；至於新增的N3，則是介於N1與N2，以及N4與N5之間的「過渡」級數。關於各級數的「讀」與「聽」的具體題材（內容），請參照表1。

■ 表1　新「日語能力測驗」認證基準

	級數	認證基準 各級數的認證基準，如以下【讀】與【聽】的語言動作所示。各級數亦必須具備為表現各語言動作所需的語言知識。
困難 ↑ ＊	N1	能理解在廣泛情境下所使用的日語 【讀】・可閱讀話題廣泛的報紙社論與評論等論述性較複雜及較抽象的文章，且能理解其文章結構與內容。 　　　・可閱讀各種話題內容較具深度的讀物，且能理解其脈絡及詳細的表達意涵。 【聽】・在廣泛情境下，可聽懂常速且連貫的對話、新聞報導及講課，且能充分理解話題走向、內容、人物關係、以及說話內容的論述結構等，並確實掌握其大意。
	N2	除日常生活所使用的日語之外，也能大致理解較廣泛情境下的日語 【讀】・可看懂報紙與雜誌所刊載的各類報導、解說、簡易評論等主旨明確的文章。 　　　・可閱讀一般話題的讀物，並能理解其脈絡及表達意涵。 【聽】・除日常生活情境外，在大部分的情境下，可聽懂接近常速且連貫的對話與新聞報導，亦能理解其話題走向、內容、以及人物關係，並可掌握其大意。
	N3	能大致理解日常生活所使用的日語 【讀】・可看懂與日常生活相關的具體內容的文章。 　　　・可由報紙標題等，掌握概要的資訊。 　　　・於日常生活情境下接觸難度稍高的文章，經換個方式敘述，即可理解其大意。 【聽】・在日常生活情境下，面對稍微接近常速且連貫的對話，經彙整談話的具體內容與人物關係等資訊後，即可大致理解。

* 容 易 ↓	N4	能理解基礎日語 【讀】・可看懂以基本語彙及漢字描述的貼近日常生活相關話題的文章。 【聽】・可大致聽懂速度較慢的日常會話。
	N5	能大致理解基礎日語 【讀】・可看懂以平假名、片假名或一般日常生活使用的基本漢字所書寫的固定詞句、短文、以及文章。 【聽】・在課堂上或周遭等日常生活中常接觸的情境下，如為速度較慢的簡短對話，可從中聽取必要資訊。

＊N1最難，N5最簡單。

3. 測驗科目

新制測驗的測驗科目與測驗時間如表2所示。

■ 表2　測驗科目與測驗時間＊①

級數	測驗科目 （測驗時間）			
N1	語言知識（文字、語彙、文法）、讀解 （110分）		聽解 （60分）	→ 測驗科目為「語言知識（文字、語彙、文法）、讀解」；以及「聽解」共2科目。
N2	語言知識（文字、語彙、文法）、讀解 （105分）		聽解 （50分）	→
N3	語言知識 （文字、語彙） （30分）	語言知識（文法）、讀解 （70分）	聽解 （40分）	→ 測驗科目為「語言知識（文字、語彙）」；「語言知識（文法）、讀解」；以及「聽解」共3科目。
N4	語言知識 （文字、語彙） （30分）	語言知識（文法）、讀解 （60分）	聽解 （35分）	→
N5	語言知識 （文字、語彙） （25分）	語言知識（文法）、讀解 （50分）	聽解 （30分）	→

N1與N2的測驗科目為「語言知識（文字、語彙、文法）、讀解」以及「聽解」共2科目；N3、N4、N5的測驗科目為「語言知識（文字、語彙）」、「語言知識（文法）、讀解」、「聽解」共3科目。

由於N3、N4、N5的試題中，包含較少的漢字、語彙、以及文法項目，因此當與N1、N2測驗相同的「語言知識（文字、語彙、文法）、讀解」科目時，有時會使某幾道試題成為其他題目的提示。為避免這個情況，因此將「語言知識（文字、語彙、文法）、讀解」，分成「語言知識（文字、語彙）」和「語言知識（文法）、讀解」施測。

＊①：聽解因測驗試題的錄音長度不同，致使測驗時間會有些許差異。

4. 測驗成績

4−1 量尺得分

舊制測驗的得分，答對的題數以「原始得分」呈現；相對的，新制測驗的得分以「量尺得分」呈現。

「量尺得分」是經過「等化」轉換後所得的分數。以下，本手冊將新制測驗的「量尺得分」，簡稱為「得分」。

4−2 測驗成績的呈現

新制測驗的測驗成績，如表3的計分科目所示。N1、N2、N3的計分科目為「語言知識（文字、語彙、文法）」、「讀解」、以及「聽解」3項；N4、N5的計分科目分為「語言知識（文字、語彙、文法）、讀解」以及「聽解」2項。

會將N4、N5的「語言知識（文字、語彙、文法）」和「讀解」合併成一項，是因為在學習日語的基礎階段，「語言知識」與「讀解」方面的重疊性高，所以將「語言知識」與「讀解」合併計分，比較符合學習者於該階段的日語能力特徵。

■ 表3　各級數的計分科目及得分範圍

級數	計分科目	得分範圍
N1	語言知識（文字、語彙、文法）	0～60
	讀解	0～60
	聽解	0～60
	總分	0～180

N2	語言知識（文字、語彙、文法）	0～60
	讀解	0～60
	聽解	0～60
	總分	0～180
N3	語言知識（文字、語彙、文法）	0～60
	讀解	0～60
	聽解	0～60
	總分	0～180
N4	語言知識（文字、語彙、文法）、讀解	0～120
	聽解	0～60
	總分	0～180
N5	語言知識（文字、語彙、文法）、讀解	0～120
	聽解	0～60
	總分	0～180

　　各級數的得分範圍，如表3所示。N1、N2、N3的「語言知識（文字、語彙、文法）」、「讀解」、「聽解」的得分範圍各為0～60分，三項合計的總分範圍是0～180分。「語言知識（文字、語彙、文法）」、「讀解」、「聽解」各占總分的比例是1：1：1。

　　N4、N5的「語言知識（文字、語彙、文法）、讀解」的得分範圍為0～120分，「聽解」的得分範圍為0～60分，二項合計的總分範圍是0～180分。「語言知識（文字、語彙、文法）、讀解」與「聽解」各占總分的比例是2：1。還有，「語言知識（文字、語彙、文法）、讀解」的得分，不能拆解成「語言知識（文字、語彙、文法）」與「讀解」二項。

　　除此之外，在所有的級數中，「聽解」均占總分的三分之一，較舊制測驗的四分之一為高。

4-3　合格基準

　　舊制測驗是以總分作為合格基準；相對的，新制測驗是以總分與分項成績的門檻二者作為合格基準。所謂的門檻，是指各分項成績至少必須高於該分數。假如有一科分項成績未達門檻，無論總分有多高，都不合格。

新制測驗設定各分項成績門檻的目的，在於綜合評定學習者的日語能力，須符合以下二項條件才能判定為合格：①總分達合格分數（＝通過標準）以上；②各分項成績達各分項合格分數（＝通過門檻）以上。如有一科分項成績未達門檻，無論總分多高，也會判定為不合格。

N1～N3及N4、N5之分項成績有所不同，各級總分通過標準及各分項成績通過門檻如下所示：

級數	總分		分項成績					
			言語知識（文字・語彙・文法）		讀解		聽解	
	得分範圍	通過標準	得分範圍	通過門檻	得分範圍	通過門檻	得分範圍	通過門檻
N1	0～180分	100分	0～60分	19分	0～60分	19分	0～60分	19分
N2	0～180分	90分	0～60分	19分	0～60分	19分	0～60分	19分
N3	0～180分	95分	0～60分	19分	0～60分	19分	0～60分	19分

級數	總分		分項成績					
			言語知識（文字・語彙・文法）		讀解		聽解	
	得分範圍	通過標準	得分範圍	通過門檻	得分範圍	通過門檻	得分範圍	通過門檻
N4	0～180分	90分	0～120分	38分	0～60分	19分	0～60分	19分
N5	0～180分	80分	0～120分	38分	0～60分	19分	0～60分	19分

※上列通過標準自2010年第1回（7月）【N4、N5為2010年第2回（12月）】起適用。

缺考其中任一測驗科目者，即判定為不合格。寄發「合否結果通知書」時，含已應考之測驗科目在內，成績均不計分亦不告知。

4－4 測驗結果通知

依級數判定是否合格後，寄發「合否結果通知書」予應試者；合格者同時寄發「日本語能力認定書」。

■ N1, N2, N3

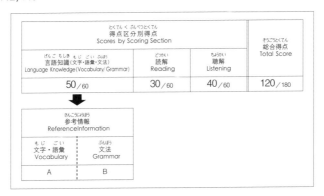

■ N4, N5

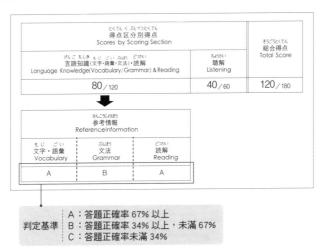

※ 各節測驗如有一節缺考就不予計分，即判定為不合格。雖會寄發「合否結果通知書」但所有分項成績，含已出席科目在內，均不予計分。各欄成績以「＊」表示，如「＊＊/60」。

※ 所有科目皆缺席者，不寄發「合否結果通知書」。

二、新日本語能力試驗的考試內容

N4　題型分析

測驗科目 (測驗時間)		試題內容		
		題型	小題 題數＊	分析
語言知識 (30分)	文字、語彙	1　漢字讀音　◇	9	測驗漢字語彙的讀音。
		2　假名漢字寫法　◇	6	測驗平假名語彙的漢字寫法。
		3　選擇文脈語彙　○	10	測驗根據文脈選擇適切語彙。
		4　替換類義詞　○	5	測驗根據試題的語彙或說法，選擇類義詞或類義說法。
		5　語彙用法　○	5	測驗試題的語彙在文句裡的用法。
語言知識、讀解 (60分)	文法	1　文句的文法1 （文法形式判斷）　○	15	測驗辨別哪種文法形式符合文句內容。
		2　文句的文法2 （文句組構）　◆	5	測驗是否能夠組織文法正確且文義通順的句子。
		3　文章段落的文法　◆	5	測驗辨別該文句有無符合文脈。
	讀解＊	4　理解內容 （短文）　○	4	於讀完包含學習、生活、工作相關話題或情境等，約100~200字左右的撰寫平易的文章段落之後，測驗是否能夠理解其內容。
		5　理解內容 （中文）　○	4	於讀完包含以日常話題或情境為題材等，約450字左右的簡易撰寫文章段落之後，測驗是否能夠理解其內容。
		6　彙整資訊　◆	2	測驗是否能夠從介紹或通知等，約400字左右的撰寫資訊題材中，找出所需的訊息。
聽解 (35分)		1　理解問題　◇	8	於聽取完整的會話段落之後，測驗是否能夠理解其內容（於聽完解決問題所需的具體訊息之後，測驗是否能夠理解應當採取的下一個適切步驟）。
		2　理解重點　◇	7	於聽取完整的會話段落之後，測驗是否能夠理解其內容（依據剛才已聽過的提示，測驗是否能夠抓住應當聽取的重點）。
		3　適切話語　◆	5	於一面看圖示，一面聽取情境說明時，測驗是否能夠選擇適切的話語。
		4　即時應答　◆	8	於聽完簡短的詢問之後，測驗是否能夠選擇適切的應答。

＊「小題題數」為每次測驗的約略題數，與實際測驗時的題數可能未盡相同。此外，亦有可能會變更小題題數。

＊有時在「讀解」科目中，同一段文章可能會有數道小題。

＊符號標示：「◆」舊制測驗沒有出現過的嶄新題型；「◇」沿襲舊制測驗的題型，但是更動部分形式；「○」與舊制測驗一樣的題型。

資料來源：《日本語能力試驗JLPT官方網站：分項成績‧合格判定‧合否結果通知》。2016年1月11日，取自：
http://www.jlpt.jp/tw/guideline/results.html

N4
TEST

JLPT

*以「國際交流基金日本國際教育支援協會」的「新しい『日本語能力試験』ガイドブック」為基準出題的三回「文法模擬考題」。

もんだい1　應考訣竅

N4的問題1，預測會考15題。這一題型基本上是延續舊制的考試方式，也就是給一個不完整的句子，讓考生從四個選項中，選出自己認為正確的選項，進行填空，使句子的語法正確、意思通順。

從新制概要中預測，文法不僅在這裡，常用漢字表示的，如「中、方」也可能在語彙問題中出現；接續詞（しかし、それでは）應該會在文法問題2出現。當然，所有的文法・文型在閱讀中出現頻率，絕對很高的。

總而言之，無論在哪種題型，文法都是掌握高分的重要角色。

もんだい1　（　　　）に　何を　いれますか。1・2・3・4から　いちばん　いいものを　一つ　えらんで　ください。

1　A「宏の　はじめての　学校は　どうだった？」
　　B「大丈夫みたい。名前を　呼ばれると、ちゃんと　『はい』と　（　　　）
　　　立ち上がって　いたよ。」
　　1　言ったまま　　　2　言って　　　3　言うので　　　4　言っても

2　A「もしもし。」
　　B「もしもし、この　あいだ　（　　　）伊藤で　ございます。」
　　1　お電話するの　　2　お電話したの　　3　お電話する　　4　お電話した

3　A「すみません、台風の　ため、とうちゃくの　時間が　少し
　　　（　　　）。」
　　B「分かりました。気を　つけて　きて　くださいね。」
　　1　遅れそうです　　　　　　　　　2　遅れやすいです
　　3　遅れさせて　ください　　　　　4　遅れて　みます

4 A「もう　先生方に　あいさつしましたか？」

B「いいえ。あとで　校長先生に　（　　　　）　思って　います。」

1　あいさつさせたらと　　　　　　　　2　あいさつさせようと

3　あいさつする　ことと　　　　　　　4　あいさつしようと

5 A「村田さんの　話に　よると、午後から　社長が　おいでに

なる（　　　　）。」

B「そうですか。」

1　ばかりです　　　2　そうです　　　3　ところです　　　4　のです

6 A「そんなに（　　　　）、周りの　人の　じゃまに　なるでしょう。」

B「すみません、気を　つけます。」

1　騒いだら　　　　2　騒いでも　　　3　騒ぐのに　　　4　騒ぐため

7 A「見物したい　ところが（　　　　）　私に　言って　ください。どこでも

連れて　行きますよ。」

B「ありがとう　ございます。」

1　あると　　　　　2　あれば　　　3　あっても　　　4　あるので

8 A「お先に　失礼します。」

B「はい。あしたは　だいじな　会議が　あるから、絶対に　（　　　　）。」

1　寝坊するなよ　　2　寝坊するかい　3　寝坊するさ　　4　寝坊するのだ

9 A「うちの　お母さんは　毎日　お父さんが（　　　　）　起きて　待って　います。」

B「えらいですねえ。」

1　帰って　くるまでに　　　　　　　　2　帰って　くるまで

3　帰って　くると　　　　　　　　　　4　帰って　くるし

10 A「まだ　電気が　ついて　ますね。」

　　B「じむしょに　誰か（　　　　）です。」

　1　いるみたい　　　　2　いること　　　　3　いるほど　　　　4　いられる

11 A「この　スカートを　金曜日までに　なおして　いただけませんか。」

　　B「木曜日には　（　　　　）よ。」

　1　できやすい　　　　2　できます　　　　3　できて　おく　4　できにくい

12 A「公園が　近くて　いいですね。」

　　B「ええ、朝　5時ぐらいに　なると、木の　上で　小鳥が（　　　　）ます。」

　1　鳴きおわり　　　　2　鳴くばかり　　　　3　鳴きはじめ　　　　4　鳴きたがり

13 A「10年　以上も　（　　　）ステレオが　とうとう　壊れて　しまいました。」

　　B「もう　なおらないのですか。」

　1　使う　　　　　　　2　使った　　　　　3　使うよう　　　　4　使ったの

14 A「大学を　卒業したら、どう　しますか。」

　　B「（　　　　）に　決めました。」

　1　留学する　　　　　2　留学するの　　　3　留学した　　　　4　留学する　こと

15 A「いままで、じゅうどうの　しあいで　お兄ちゃんに　（　　　　）ことが

　　　ありません。」

　　B「強いんですね、お兄さん。」

　1　勝つ　　　　　　　2　勝つの　　　　　3　勝った　　　　　4　勝ったの

もんだい2 應考訣竅

　　問題2是「部分句子重組」題，出題方式是在一個句子中，挑出相連的四個詞，將其順序打亂，要考生將這四個順序混亂的字詞，跟問題句連結成為一句文意通順的句子。預估出5題。

　　應付這類題型，考生必須熟悉各種日文句子組成要素（日語語順的特徵）及句型，才能迅速且正確地組合句子。因此，打好句型、文法的底子是第一重要的，也就是把文法中的「助詞、慣用型、時態、體態、形式名詞、呼應和接續關係」等等弄得滾瓜爛熟，接下來就是多接觸文章，習慣日語的語順。

　　問題2既然是在「文法」題型中，那麼解題的關鍵就在文法了。因此，做題的方式，就是看過問題句後，集中精神在四個選項上，把關鍵的文法找出來，配合它前面或後面的接續，這樣大致的順序就出來了。接下再根據問題句的語順進行判斷。這一題型往往會有一個選項，不知道放在哪個位置，這時候，請試著放在最前面或最後面的空格中。這樣，文法正確、文意通順的句子就很容易完成了。

＊請注意答案要的是標示「★」的空格，要填對位置喔！

もんだい2　__★__ に　入る　ものは　どれですか。1・2・3・4から
いちばん　いい　ものを　一つ　えらんで　ください。

(問題例)

＿＿＿＿　＿＿＿＿　__★__　＿＿＿＿、もう　一度　確認します。

1 翻訳　　　　2 すべて　　　　3 から　　　　4 して

(答え方)

1 正しい　文を　作ります。

＿＿＿＿　＿＿＿＿　__★__　＿＿＿＿、もう　一度　確認します。

　2 すべて　　　1 翻訳　　　4 して　　　3 から

---

2 __★__ に　入る　番号を　黒く　塗ります。

(かいとうようし)　　（例）　　① ② ③ ❹

---

16 A「もう　一度　洗いましょうか。」

B「＿＿＿＿　＿＿＿＿　__★__　＿＿＿＿、何回も　洗わなくても　いいですよ。」

1 いない　　　　2 そんなに　　　　3 から　　　　4 汚れて

17 A「どこに　行くんですか。」

B「公園は　いっぱいだったので、＿＿＿＿　＿＿＿＿　__★__　＿＿＿＿　ことに
なりました。」

1 まで　　　　2 テニスコート　3 となり町の　4 行く

18 ＿＿＿＿　＿＿＿＿　__★__　＿＿＿＿　つもりです。

1 勉強する　　　2 では　　　3 大学　　　4 物理を

19 いつも　主人が　＿＿＿＿　＿＿＿＿　__★__　＿＿＿＿　おきます。

1 までに　　　2 帰って　くる　　3 お風呂を　　4 沸かして

20 ＿＿＿＿　＿＿＿＿　__★__　＿＿＿＿、だんだん　自信が　なくなって　きます。

1 負けて　　　2 ばかり　　　3 試合で　　　4 いると

もんだい3 考試訣竅

　「文章的文法」這一題型是先給一篇文章，隨後就文章內容，去選詞填空，選出符合文章脈絡的文法問題。預估出5題。

　做這種題，要先通讀全文，好好掌握文章，抓住文章中一個或幾個要點或觀點。第二次再細讀，尤其要仔細閱讀填空處的上下文，就上下文脈絡，並配合文章的要點，來進行選擇。細讀的時候，可以試著在填空處填寫上答案，再看選項，最後進行判斷。

　由於做這種題型，必須把握前句跟後句，甚至前段與後段之間的意思關係，才能正確選擇相應的文法。也因此，前面選擇的正確與否，也會影響到後面其他問題的正確理解。

　做題時，要仔細閱讀 ⬚ 的前後文，從意思上、邏輯上弄清楚是順接還是逆接、是肯定還是否定，是進行舉例說明，還是換句話說。經過反覆閱讀有關章節，理清枝節，抓住關鍵之處後，再跟選項對照，抓出主要，刪去錯誤，就可以選擇正確答案。另外，對日本文化、社會、風俗習慣等的認識跟理解，對答題是有絕大助益的。

もんだい3　21 から 25 に 何を 入れますか。1・2・3・4からいちばん いい ものを 一つ えらんで ください。

つぎの　文章は　伊藤さんが　お母さんの　ことを　書いた　ものです。

　私の　お母さんは　60歳に　なったので、30年間　はたらいた　かいしゃ 21 やめました。はたらいて　いた　時は、毎日　朝　5時に　起きて　おべんとうを　作ってから、会社に　行って　いました。家に　帰って　きても　ちょっと　休む　だけで、洗濯したり　料理したり、いつも　忙しそうに　して　いました。1日　24時間では 22 と　よく　いって　いました。私も　たまに　家の　ことを　てつだいましたが、だいたい　お皿を 23 。

お母さんは　かいしゃを　やめてから　やっと　自分の　時間が　できたと
いって　います。最近は　体の　ために　うんどうを　はじめました。 **24** 、
新しい　しゅみが　いろいろ　できたようです。タオルで　にんぎょうを　つ
くって、近所の　子どもに　あげたり、おどりを　習いに　いったり　して　いま
す。むかし　より　元気に　なったと　おもいます。さっき　ブドウで　ジャ
ムを　作ると　いって、いろいろと　 **25** 。こんな　ははを見ると　私も　嬉しく
なります。

21

  1　は　　　　　　　2　に　　　　　　3　を　　　　　　4　で

22

  1　時間が　たりる　　　　　　　　　2　時間が　たりた
  3　時間が　たりない　　　　　　　　4　時間が　たりなかった

23

  1　洗うだけでした　　　　　　　　　2　洗うだけでしょう
  3　洗って　いました　　　　　　　　4　洗って　いる

24

  1　ほかにも　　　　　2　ところで　　　　3　しかし　　　　4　ほら

25

  1　準備を　して　います　　　　　　2　準備を　して　いました
  3　準備が　あります　　　　　　　　4　準備が　します

もんだい1　（　　　）に　何を　いれますか。1・2・3・4から　いち
　　　ばん　いいものを　一つ　えらんで　ください。

1　A「きのう　アメリカで　大きな　じしんが（　　　）ですよ。」
　　　B「こわいですねえ。」
　　1　あったらしい　　2　あるらしい　　3　あるはず　　4　あったつもり

2　A「伊藤_{いとう}さんが　交通事故_{こうつうじこ}に（　　　）と　聞きましたが…」
　　　B「ええ、でも　ひどい　けがでは　ありませんでした。」
　　1　あう　　　　　2　あった　　　3　あっている　4　あうかどうか

3　A「すみません、おつりが　でて　こないのですが。」
　　　B「この　白い　ボタンを（　　　）出て　きますよ。」
　　1　押すなら　　　2　押すので　　3　押しても　　4　押すと

4　A「きゅうりょうを（　　　）、すぐに　デパートで　20万円も　買い物し
　　　　て　しまいました。」
　　　B「そんなに　使ったんですか！」
　　1　もらうより　　2　もらって　　3　もらうので　4　もらうのに

5　A「どんな　部屋を　探_{さが}して　いるんですか。」
　　　B「お金が（　　　）、部屋が　小さいとか、エレベーターが　ないとかは
　　　　気_きに　しません。」
　　1　ありますので　　　　　　　　2　あるなら
　　3　ありませんので　　　　　　　4　あったら

6 A「パンが （　　　）までに　部屋の　そうじを　おわらせて　おきましょうよ。」

B「じゃ、そう　しようか。」

1　焼ける　　　　　　2　焼く　　　　　　3　焼き　　　　　4　焼いた

7 A「ゆうかちゃん、好きな　本を　持って　おいで。何か （　　　）あげるよ。」
B「わーい、じゃあ　これに　する。」

1　読み　　　　　　2　読む　　　　　　3　読んだ　　　　4　読んで

8 A「今日の　朝は　おなかが　痛かったので、ご飯を （　　　） 家を　出ました。」

B「今も　痛いんですか。」

1　食べにくい　　　2　食べたまま　　　3　食べない　　　4　食べずに

9 A「まだ　帰らないのですか。」
B「早く （　　　）ですが、まだ　仕事が　終わりませんから。」

1　帰るはず　　　　2　帰りたい　　　3　帰ること　　　4　帰りたがる

10 A「よしおくん、初めての　どうぶつえんは （　　　）。」
B「すごく　楽しかったよ！」

1　どう　だったかい　　　　　　　　2　どう　だったとか
3　どう　だっただろう　　　　　　　4　どう　だっただい

11 A「皆さん、校長先生に　何か （　　　）は　ありますか。」
B「はい、僕あります！」

1　うかがいたい　こと　　　　　　　2　いただきたい　こと
3　さしあげたい　こと　　　　　　　4　くださりたい　こと

12 A「むすめの　誕生日プレゼントを　（　　　）、ちょっと　出かけて　きます。」
B「いって　らっしゃい。」

1　買うために　　　2　買うなら　　　3　買っても　　　4　買うと

13 A「何に　なさいますか。」
B「じゃあ、私は　あたたかい　コーヒーに　（　　　）。」

1　あります　　　　2　します　　　　3　くださいます　4　もらいます

14 A「昨日　何回か　電話しましたが、誰も　（　　　）でしたよ。」
B「おかしいですねえ。」

1　出ません　　　　2　出ます　　　3　出ない　　　4　出ないらしい

15 A「お兄ちゃんが　（　　　）教科書や　ペンを　くれました。」
B「よかったね。」

1　いる　　　　　　　　　　2　いらなくなった
3　いるの　　　　　　　　　4　いなかった

もんだい2 ___★___ に 入る ものは どれですか。1・2・3・4から
いちばん いい ものを 一つ えらんで ください。

16 A「調子は どうですか。」
　　B「おかげさまで ___ ___ ___★___ ___。」
　1 退院して　　　　2 なりました　　　3 歩けるように　4 自分で

17 A「どれぐらい 時間が かかりそうですか。」
　　B「そんなに 難しく ないので、___ ___ ___★___ ___ と思
　　います。」
　1 ぐらいで　　　　2 1時間　　　　3 できる　　　4 だろう

18 A「新しいのが ほしいなあ。」
　　B「今 使って いるのが 壊れて いないなら、___ ___ ___★___
　　___。」
　1 必要は　　　　2 買う　　　　3 新しいのを　4 ありません

19 A「この ＿＿＿ ＿＿＿ ★ ＿＿＿ かまいませんか。」

B「ええ、かまいませんよ。」

1 ことを　　　　2 ほかの　　　　3 人に　　　　4 話しても

20 A「仕事で ＿＿＿ ＿＿＿ ★ ＿＿＿ くださいね。」

B「じゃあ、今日は　もう　ねます。」

1 いる　　　　2 疲れて　　　　3 なら　　　　4 無理しないで

もんだい3　**21** から　**25** に　何を　入れますか。1・2・3・4から
　　　　　いちばん　いい　ものを　一つ　えらんで　ください。

つぎの　文章は、鈴木さんが　家族の　ことに　ついて　書いた　ものです。

　私の　家では　テレビを　見る　時間 **21** だいたい　きまって　います。
まず、朝は　テレビを　つけません。ラジオか　おんがくを　**22**、ご飯を
食べます。おじいちゃんと　おばあちゃんは　私が　学校に　行ってから、テ
レビを **23**。お父さんは　まいあさ　30分ぐらい　しんぶんを　読みます
が、テレビは　見ないで　会社に　行きます。

　私は　学校から　帰ると　すぐに　しゅくだいを　します。**24** 友達と　遊ん
だり　ピアノの　練習を　したり　します。弟は　まだ　ようちえんですから、
しゅくだいは　ありません。おじいちゃんと　公園に　行ったり、おもちゃで　遊
んだり　して　います。ときどき　いっしょに **25**。7時ぐらいに　お母さん
が　仕事から　帰ってきて、夕御飯を　作ります。お母さんが　ご飯を　作って
いる　間、私と　弟は　いっしょに　30分の　番組を　二つ　見ます。お父さん
は、ご飯を　食べて、お風呂に　入ってから、ニュースを　見ます。

21

　　1　も　　　　　　　2　に　　　　　　3　を　　　　　　4　が

22

　　1　聞くかどうか　　　　　　　　2　聞きながら
　　3　聞いたとき　　　　　　　　　4　聞くところ

23
  1 見て　おきます   2 見るでしょう
  3 見たがります   4 見るそうです

24
  1 じゃあ   2 ところで   3 しかし   4 それから

25
  1 遊ぶ　ことも　あります   2 遊ぶ　ことに　します
  3 遊ぶらしいです   4 遊んだところです

もんだい1　（　　　）に　何を　いれますか。1・2・3・4から　いちばん　いいものを　一つ　えらんで　ください。

1　A「たいしかんの　前で　田中さんと　（　　　）なって　います。」
　　　B「それで、何時に　行きますか。」

　　1　会うつもりに　　　2　会って　いく　　3　会うらしい　　4　会う　ことに

2　A「コンピューターが　こわれたので、お父さんに　（　　　）ました。」
　　　B「じゃあ、新しいのを　買わなくても　いいですね。」

　　1　直して　あげ　　　　　　　　　2　直して　もらい

　　3　直して　くれ　　　　　　　　　4　直して　やり

3　A「今日は　すごい　人でしたね。」
　　　B「そうですか？私が　（　　　）電車は　込んで　いませんでしたよ。」

　　1　乗る　　　　　　2　乗っている　　　3　乗った　　　4　乗りにくい

4　A「みなさん　（　　　）どうぞ　たくさん　召し上がって　ください。」
　　　B「それじゃあ、遠慮なく　いただきます。」

　　1　遠慮して　　　　2　遠慮せず　　　3　遠慮し　　　4　遠慮すれば

5　A「しょうがっこうに　入った　ばかり（　　　）、まだ　かんじは　書けません。」
　　　B「そうですよね。」

　　1　ですから　　　　2　でも　　　　3　なのに　　　4　が

6　A「さらいしゅうの　パーティーは　女性でも　男性でも　参加できます。」
　　　B「わたしも　（　　　）かな。」

　　1　行って　おこう　　　　　　　　2　行って　みよう

　　3　行って　もらおう　　　　　　　4　行って　しまおう

7 A「何を　しらべて　いるのですか。」

B「とうきょうには　人が　どれぐらい　（　　　）を　しらべて　います。」

1　いるな　　　　　　2　いるか　　　　　3　いるの　　　　　4　いると

8 A「ゆりちゃんも　教室に　いましたか。」

B「ええ、雑誌を　（　　　）よ。」

1　読んで　います　　　　　　　　2　読むところです

3　読みはじめます　　　　　　　　4　読んで　いました

9 A「化学（かがく）の　もんだいは　難しかったですか。」

B「はい、とても　難しかったです。できるまでに　20分も　（　　　　）。」

1　かかるはずです　　　　　　　　2　かかる　かもしれません

3　かかりました　　　　　　　　　4　かかったところです

10 A「（　　　）子供たちが　ぜんぜん　言うことを　聞きません。」

B「じゃあ、私からも　言って　みましょう。」

1　注意（ちゅうい）したから　　　2　注意したのに　　3　注意したので　4　注意したと

11 A「また　病院に　行ったんですか。」

B「ええ、（　　　）行きました。」

1　注射（ちゅうしゃ）するそうで　　　　　　　2　注射してもらいに

3　注射したら　　　　　　　　　　4　注射すれば

12 A「動物園（どうぶつえん）は　この　近くですか。」

B「友達の　はなしに　よると、もっと　（　　　　）です。」

1　遠いつもり　　　　2　遠いばかり　　　3　遠いはず　　　4　遠いだろう

13 A「お父さんと　お母さんの　どちらに（　　　）か。」
　　 B「私は　おかあさんに　とても（　　　）。」

　 1　似ます

　 2　似て　います

　 3　似て　いました

　 4　似たです

14 A「食べられない　ものは　ありますか。」
　　 B「きらいな　食べものは　ありません。（　　　）食べられます。」

　 1　何の　　　　　　2　何も　　　　　3　何とか　　　　4　何でも

15 A「おたくの　お嬢さんは　いつから　しょうがっこうに（　　　）。」
　　 B「来年からです。」

　 1　上がりますか

　 2　上がって　みますか

　 3　上がって　おきますか

　 4　上がって　しまいます

もんだい2　＿＿★＿＿　に　入る　ものは　どれですか。1・2・3・4から　いちばん　いい　ものを　一つ　えらんで　ください。

＿＿＿＿　＿＿＿＿　＿＿★＿＿　＿＿＿＿、もう　一度　確認します。

1　翻訳　　　2　すべて　　　3　から　　　4　して

（答え方）

1　正しい　文を　作ります。

＿＿＿＿　＿＿＿＿　＿＿★＿＿　＿＿＿＿、もう　一度　確認します。

2　すべて　　　1　翻訳　　　4　して　　　3　から

2　＿＿★＿＿　に　入る　番号を　黒く　塗ります。

（かいとうようし）　　　（例）　　① ② ③ ❹

16　A「＿＿＿＿　＿＿＿＿　＿＿★＿＿　＿＿＿＿　いただけますか。」

　　　B「どうぞ　ご自由に。」

1　させて　　　　　2　拝見　　　3　そこの　　　4　しりょうを

17　A「それで、ご主人にも　会えたの？」

　　　B「＿＿＿＿　＿＿＿＿　＿＿★＿＿　＿＿＿＿、ご主人が　帰ってきました。」

1　した　　　　　　　　　　　　2　ちょうど

3　失礼しようと　　　　　　　　4　時に

18　A「どうぞ　こちらの　＿＿＿＿　＿＿＿＿　＿＿★＿＿　＿＿＿＿　ください。」

　　　B「失礼いたします。」

1　お待ち　　　　　2　鈴木が　　　3　来るまで　　　4　応接間で

19 A「どうしたんですか?」

B「＿＿＿ ＿＿＿ ＿★＿ ＿＿＿ 痛いんです。」

1　たくさん　　　　2　きのう　　　　3　走ったので　4　体が

20 A「先生は　何を　して　いらっしゃいましたか。」

B「私が　ついたとき、＿＿＿ ＿＿＿ ＿★＿ ＿＿＿ でした。」

1　きれいに　　　　　　　　　　　2　ところ

3　片<ruby>づけて<rt>かた</rt></ruby>　いる　　　　　　　　4　研究室を<ruby><rt>けんきゅうしつ</rt></ruby>

214

もんだい3 21 から 25 に 何を 入れますか。1・2・3・4から いちばん いい ものを 一つ えらんで ください。

つぎの 文章は、花さんが アルバイトに ついて 書いた ものです。

夏休みに なったら、アルバイトを しようと 考えて います。こうこうせいの 時 21 デパートと レストランで アルバイトを したことが ありますが、りょうほうとも 1年も つづきませんでした。今回は よく 考えたいと 思って います。

最近に なって、しょうらいは しんぶんしゃで 22 考えるように なりました。大学で せかいの せいじに 関係する じゅぎょうを とって いるからかもしれません。とくに しゃかいや せいじの もんだいに 興味が あります。むかしは テレビを 見る ばかりで、新聞は ほとんど 読みませんでしたが、いまでは 新聞を 読まずに 家を 23 ありません。自分でも びっくりするぐらい 変わったと 思います。

しかし わたしは しんぶんしゃの しごとに ついて あまり 知りません。 24 、機会が あれば この 夏休みに アルバイトを して 自分の 目で どんな 仕事か 見て みたいと 思います。もし しょうらい しんぶんしゃで はたらく ことに 25 じゅうぶん いい 勉強と 経験に なるだろうと 思います。

21

  1 で   2 に   3 が   4 なら

22

  1 働きたいと   2 働いて しまうと

  3 働いて おくと   4 働いて くると

23

1 出る　はずは

2 出る　ことは

3 出る　ように

4 出て　くるは

24

1 それに

2 しかし

3 ところで

4 ですから

25

1 ならなくても

2 なるほど

3 なりたがっても

4 なられても

第一回

問題1

1	2	**2**	4	**3**	1	**4**	4	**5**	2
6	1	**7**	2	**8**	1	**9**	2	**10**	1
11	2	**12**	3	**13**	2	**14**	4	**15**	3

問題2

16	1	**17**	1	**18**	4	**19**	3	**20**	2

問題3

21	3	**22**	3	**23**	1	**24**	1	**25**	2

第二回

問題1

1	1	**2**	2	**3**	4	**4**	2	**5**	3
6	1	**7**	4	**8**	4	**9**	2	**10**	1
11	1	**12**	1	**13**	2	**14**	1	**15**	2

問題2

16	3	**17**	3	**18**	1	**19**	3	**20**	3

問題3

21	4	**22**	2	**23**	4	**24**	4	**25**	1

第三回

問題1

1 4	**2** 2	**3** 3	**4** 2	**5** 1
6 2	**7** 2	**8** 4	**9** 3	**10** 2
11 2	**12** 3	**13** 2	**14** 4	**15** 1

問題2

16 2	**17** 1	**18** 3	**19** 3	**20** 3

問題3

21 2	**22** 1	**23** 2	**24** 4	**25** 1

第一回必勝問題

問題一

題號	1	2	3	4	5	6	7	8	9	10
答案	2	1	2	3	4	1	1	2	3	3

題號	11	12	13	14
答案	1	2	4	4

問題二

題號	1	2	3	4	5
答案	4	1	3	2	4

問題三

題號	1	2	3	4	5
答案	3	4	4	3	4

第二回必勝問題

問題一

題號	1	2	3	4	5	6
答案	4	2	2	1	4	3

問題二

題號	1	2	3	4	5	6	7	8
答案	3	2	4	4	2	1	3	4

問題三

題號	1	2	3	4	5	6	7	8	9	10
答案	4	2	4	2	3	2	3	3	1	2

第三回必勝問題

問題一

題號	1	2	3	4	5	6	7	8	9	10
答案	3	3	3	4	4	2	4	1	3	3

問題二

題號	1	2	3	4	5	6	7	8	9	10
答案	4	3	3	1	4	4	4	3	3	2

題號	11	12
答案	4	3

問題三

題號	1	2	3	4	5	6	7	8	9	10
答案	3	3	2	2	2	2	2	3	2	1

題號	11	12	13	14	15	16	17	18	19	20
答案	3	3	4	4	2	2	2	3	2	2

題號	21	22
答案	2	4

第四回必勝問題

問題一

題號	1	2	3	4	5	6	7	8	9	10
答案	3	3	1	1	2	4	4	4	4	2

問題二

題號	1	2	3	4	5	6	7	8	9	10
答案	2	3	1	4	4	4	3	3	3	3

題號	11	12
答案	2	4

問題三

題號	1	2	3	4	5	6	7	8	9	10
答案	2	2	2	3	4	4	3	1	2	3

題號	11	12
答案	3	1

祕方習題 1

踏<ふ>む	踏<ふ>まれる	運<はこ>ぶ	運<はこ>ばれる	直<なお>す	直<なお>される	思<おも>う	思<おも>われる
招待<しょうたい>する	招待<しょうたい>される	下<さ>げる	下<さ>げられる	かける	かけられる	知<し>る	知<し>られる
壊<こわ>す	壊<こわ>される	笑<わら>う	笑<わら>われる	呼<よ>ぶ	呼<よ>ばれる	待<ま>つ	待<ま>たれる
使<つか>う	使<つか>われる	邪魔<じゃま>する	邪魔<じゃま>される	売<う>る	売<う>られる	包<つつ>む	包<つつ>まれる
比<くら>べる	比<くら>べられる	叱<しか>る	叱<しか>られる	もらう	もらわれる	盗<ぬす>む	盗<ぬす>まれる

祕方習題 2

題號	1	2	3	4	5
答案	C	D	C	A	C

祕方習題 3

読<よ>む	読<よ>ませる	辞<や>める	辞<や>めさせる	説明<せつめい>する	説明<せつめい>させる	予約<よやく>する	予約<よやく>させる
入<はい>る	入<はい>らせる	失<な>くす	失<な>くさせる	覚<おぼ>える	覚<おぼ>えさせる	考<かんが>える	考<かんが>えさせる
遊<あそ>ぶ	遊<あそ>ばせる	消<け>す	消<け>させる	集<あつ>める	集<あつ>めさせる	貸<か>す	貸<か>させる
歩<ある>く	歩<ある>かせる	笑<わら>う	笑<わら>わせる	切<き>る	切<き>らせる	迎<むか>える	迎<むか>えさせる
曲<ま>げる	曲<ま>げさせる	止<と>まる	止<と>まらせる	掃除<そうじ>する	掃除<そうじ>させる	捨<す>てる	捨<す>てさせる

祕方習題 4

作<つく>る	作<つく>らせられる	届<とど>ける	届<とど>けさせられる	走<はし>る	走<はし>らせられる	する	させられる
かける	かけさせられる	吸<す>う	吸<す>わせられる	なる	ならせられる	閉<し>める	閉<し>めさせられる
食<た>べる	食<た>べさせられる	驚<おどろ>く	驚<おどろ>かせられる	呼<よ>ぶ	呼<よ>ばせられる	負<ま>ける	負<ま>けさせられる
見<み>る	見<み>させられる	降<お>りる	降<お>りさせられる	始<はじ>める	始<はじ>めさせられる	勝<か>つ	勝<か>たせられる
食事<しょくじ>する	食事<しょくじ>させられる	やめる	やめさせられる	払<はら>う	払<はら>わせられる	忘<わす>れる	忘<わす>れさせられる

祕方習題 5

案内する	案内しろ	回す	回せ	心配する	心配しろ	走って来る	走って来い
歌う	歌え	見せる	見せろ	する	しろ	取る	取れ
勝つ	勝て	教える	教えろ	練習する	練習しろ	動く	動け
降りる	降りろ	捨てる	捨てろ	付ける	付けろ	返す	返せ
遊ぶ	遊べ	入れる	入れろ	曲がる	曲がれ	かぶる	かぶれ

祕方習題 6

思う	思おう	笑う	笑おう	閉める	閉めよう	降りる	降りよう
走る	走ろう	考える	考えよう	待つ	待とう	吸う	吸おう
見せる	見せよう	かける	かけよう	泣く	泣こう	忘れる	忘れよう
取る	取ろう	曲がる	曲がろう	勝つ	勝とう	見物する	見物しよう
教える	教えよう	投げる	投げよう	終わる	終わろう	始める	始めよう

祕方習題 7

送る	送れる	食事する	食事できる	楽しむ	楽しめる	切る	切れる
飲む	飲める	出す	出せる	買い物する	買い物できる	吸う	吸える
聞く	聞ける	終わる	終われる	かける	かけられる	迎える	迎えられる
換える	換えられる	走る	走れる	出る	出られる	借りる	借りられる
待つ	待てる	休む	休める	会う	会える	怒る	怒れる

祕方習題 8

題號	1	2	3	4	5
答案	D	C	D	B	B

memo

【秒殺檢定QR碼 07】

[25K 附QR碼線上音檔]

■ 發行人／**林德勝**

■ 著者／**吉松由美、西村惠子、林勝田、山田社日檢題庫小組**

■ 出版發行／**山田社文化事業有限公司**
　　臺北市大安區安和路一段112巷17號7樓
　　電話　02-2755-7622
　　傳真　02-2700-1887

■ 郵政劃撥／**19867160號　大原文化事業有限公司**

■ 總經銷／**聯合發行股份有限公司**
　　新北市新店區寶橋路235巷6弄6號2樓
　　電話　02-2917-8022
　　傳真　02-2915-6275

■ 印刷／**上鎰數位科技印刷有限公司**

■ 法律顧問／**林長振法律事務所　林長振律師**

■ 書＋QR碼／**定價　新台幣 349 元**

■ 初版／**2024年 3 月**

© ISBN :978-986-246-816-6
2024 Shan Tian She Culture Co. , Ltd.